时间之间

Shijian zhijian

李 皓 ‖ 著

北方联合出版传媒(集团)
股份有限公司
春风文艺出版社
·沈 阳·

图书在版编目（CIP）数据

时间之间 / 李皓著. —沈阳：春风文艺出版社，
2021.12（2024.8 重印）
ISBN 978-7-5313-6131-2

Ⅰ. ①时… Ⅱ. ①李… Ⅲ. ①诗集—中国—当代 Ⅳ. ①I227

中国版本图书馆CIP数据核字（2021）第244958号

北方联合出版传媒（集团）股份有限公司
春风文艺出版社出版发行
沈阳市和平区十一纬路25号　邮编：110003
永清县晔盛亚胶印有限公司印刷

责任编辑：姚宏越	责任校对：陈　杰
封面设计：陈天佑	幅面尺寸：130mm × 203mm
字　　数：128千字	印　　张：8
版　　次：2021年12月第1版	印　　次：2024年8月第2次
书　　号：ISBN 978-7-5313-6131-2	
定　　价：78.00元	

版权专有　侵权必究　举报电话：024-23284391
如有质量问题，请拨打电话：024-23284384

代序：皓月当空的时候，我在哪里

张学昕

一

必须弄清一滴露珠的来龙去脉
才能在汪洋大海抓住一根慈悲的稻草
如果能被露珠里的一道寒光杀死
这个秋天我们将显得多么幸运
我们必须对生活的波澜不惊负责
雁阵多年未见，草丛里什么也没跌落
用一些干草把自己裹紧吧
让露珠回到眼泪，让锋芒回到眼神

前不久，读到李皓写于寒露节气那一天的新作《寒露辞》，仿佛一下子就捕捉到李皓诗歌的光泽和精神内蕴。露珠的光泽与内心的波澜不惊，折射出对人与自然的体悟和咏叹，少年的英武稚气，在一个秋天的露珠里获得平静、安息，作为一种深情的对自然的缅怀，那根慈悲的稻草，已经被收束、内敛的大气，像档案馆对待自己的隐秘，悉心地珍藏了起来。露珠是大自然的泪珠吗？也许，只有当"露珠回到眼泪"的时候，人的生命主体力量才开始在眼神中呈现，才开始熠熠生辉，柔肠百结。这些年，我始终默默地关注着李皓的诗歌写作，耐心地咀嚼和揣摩他的诗心和文眼，试探埋藏在字里行间的温度与力度。特别是近几年，李皓的创作量惊人，数百首质地醇厚而激情四溢的佳作纷至沓来，汩汩流淌。我想，一个骨子里凝聚着军人和诗人双重气质的中年人，是否真的到达一个爆发期和收获季了？一场来自北方的宏阔庄重的气息，正扑面而来吗？可以说，现在，我终于从这首短诗里寻觅到丰富、跳跃的节律，大胆的想象和清晰的音乐的肌理，尽管他的诗一时还难以合奏成自我浑圆的交响，但是一个美妙乐章的精髓，正开始显出他不容忽视的存在。是的，我在李皓的诗里，真的看到了一种有锋芒的眼神，这个眼神，时而徘徊在天地万物之间，偶然也沉潜于对历史和现实的玄思之中,这个时候,眼神里也许还噙满苍凉或伤怀的情愫。但是,慢慢地,它逐渐变得不执不固,不躁不厉,在阅读世间万象时,又渐渐归于平静。我知道,李皓一定是从内心的风景中走出来,体悟着整个世界正向他扑面而来,期待一次次不期而遇的诗意之旅。

二

其实,我读李皓诗的最大感受,就是他在呈现自然和事物的波澜万状时,在不断地由写作主体向描摹和抒写对象的趋附、契合和让渡。于是,抒写的对象,最终在一种强大的情感归依的向度上,便成为幻想的载体,或者说,就是抒情主体的寄寓和归宿。

> 哦!多么好的比喻:秋天的尾巴
> 我抓着你,我的鬓角正在慢慢泛白
> 不得不承认,我一直在夹着尾巴做人
> 可是树叶还是砸了下来,你又一次
> 点燃了我

这怎么能叫引火烧身呢?
与一粒霜不期而遇,化就化了吧
取暖期即将来临,阳光正在收窄
菊花侧一侧身,你傲慢的眼神
就会挤进更多的稻草

李皓在这首《霜降辞》里,表现出一个诗人作为写作主体,他的内心与自然万物、节气之间的一种独特的呼应和默契。若从题材的角度看,平凡、偶然、清淡,并不离奇,但是,形式的简洁与意义的隐秘,令这首短章鼓胀起强劲的膂力,可谓对内心和灵魂的一次张望和审视。李皓对自然和生命有着大胆的观察和想象,通过生发诗心,寻找与世间事物之间的共鸣,触摸它们的微妙关系。"霜降",仿佛是一个语境的结构,"秋天的尾巴"和"鬓角",与"夹着尾巴做人"这样的诗学逻辑,直接将喻体带入并升华为人格推导的演绎。在一个时间的节点上,命运变得不可抗拒,在节令和节气的自然时序里,即便是"引火烧身",也是一种安身立命的必然。诗人在感受时光的无情时,用"树叶还是砸了下来",喻指任何一种事物结束旅程的方式,而"菊花"的侧身,百花凋零,无可奈何,便引申出它与稻草一样的归宿。在这个时候,诗人早已经意识到,一切都无须追问,只是"独立苍茫的自咏",返璞归真,诗歌所具有的调度现实、调节生命的力量,在此充分地显示。无疑,这首诗,潜在地存在一个对话的关系,不追求高蹈,只想保持尊严,那么,这究竟是谁"又一次点燃了我"?而在另一首《狗尾巴草》中,诗人再一次将"夹着尾巴做人"这样的生命哲学带入"秋天",在几乎被忽略的存在状态里,独自继续保持卑微却坚毅,浅吟低唱。

>你有多卑微,我就有多卑微
>你的荣枯,多么像我潦草的前半生
>偶尔做过几件像样的事情
>大多被视为狗尾续貂
>
>秋天来临,我开始头重脚轻
>我多么怀念夹着尾巴做人的年代
>风不来纠缠我,就连阳光
>也不跟我针尖对麦芒

眼下可好，我在风中拼命摇头
只为让自己变得越来越轻
变得可有可无，不再引火烧身
而把脆弱的骨头老实地埋进青山

看上去，狗尾巴草的存在姿态，被直接喻为一个人一生的生存境遇，同时以此来展示一份平常心，尽管苍凉时分已然来临，"我"已经"头重脚轻"，但是却丝毫没有悲天悯人，"让自己变得越来越轻"，终老青山之中。这是自我与抽象之物——命运之间纠结的关系，他们都是生命内部的自我承担，因此也就成为生命自我对外部遭遇、命运的担当。直面自身卑微的现实，不成功，不辉煌，更是无法炫耀的人生，却摆脱掉了风和阳光的纠缠，更不畏惧自己的毁灭，一个有定力的个体生命，照样有属于自己的存在路径，如此从容，如此坦然，一生不忧不惧，静观生命的春来秋去，力求达到一种超常的平衡，这里没有不堪的呻吟，也没有絮絮叨叨的抱怨。虽然，这无须太大的勇气，但是不是更有一种智慧在其中呢？

也许，与李皓的军人出身经历有关，他的诗行里始终弥漫着一股其他诗人少有的遒劲之力，那些超越俗世羁绊的诗意，常常从蕴含着英武气息的比兴句子里渗透出来，貌似平和朴素的叙述，常常在某一个关键处迸发不可思议的精神力量。这同他那细腻的切近事物的触角，形成一种迥异的美学机制。

这首《在天目山依靠一棵大树》，似乎在刺探人性中的某种惯性动机，并且，它试图在字里行间建立、增加事物与事物间的辩证张力及其寓言力量。词句本身，并不一定要以此喻彼，象征引申，相互支撑，更没有繁复的奇思妙想，枝蔓横生的伪饰和矫情。李皓诗歌的抒情伦理，仿佛完全是建立在某种反逻辑的边界，他非常善于捕捉那些一触即发的戏剧性，在呈现中"抒情"，在审美思辨中重现抒情主体对事物的理解和尊重。一个人"整个夏天都在寻找一棵大树"，寻找它作为"靠山"，作为庇护，无论是高僧和几代国师，还是耄耋老者，都需要在攀登的旅途上寻找一个"依靠"，在这里，有形的依靠是"树"，无形的内在的企望和向往，则是一座无形的"山"，或者是一位"有着宽广胸膛的人"：

我也不由自主地靠了上去，像靠近一个老人
　　或者说就是父亲和母亲，就是那些
　　有着宽广胸膛的人。我靠上去的时候
　　是一个重阳节的上午，天清气朗
　　我想到了远在东北的父母

　　我们能感觉到，作者在努力塑造一个"肖像"，一位在心理上、在精神和灵魂层面可以依赖、信任的存在。诗中的天目山，成了一个旅行者寻找灵魂和生命力量的隧道，千年古树，岁月轮转，"靠山"并不是归宿，而是前行者的一个驿站。

　　当然，老夫老妻的身边也有一棵树
　　纤细，谈不上直，也不弯曲，但它走动
　　步幅与那两双脚恰好合拍，它被一只手把握
　　它点击地面的时候，山风叹息一声
　　神灵的石头，把风烛残年的背影留给了我

　　这对老夫老妻的"介入"，一下子就将高蹈的形而上的思绪，衔接上了"地气"，而一个人对于"古树"

的依靠，瞬间即转化成人与人的相互依存和依赖，彼此步幅合拍，即使风烛残年也不会再令人扼腕叹息。途经每一个生命的驿站，挥之不去的，只有山风的叹息，"神灵的石头"则见证了旅行者的足迹，记录了人与自然的一次神秘交流。

看来，静穆的诗风，仍丝毫没有激情的缺失。诗既不是"抽象的抒情"，也没有沉溺于僵化的比兴。刘勰论诗时，提出"随物婉转""与心徘徊""目既往还，心亦吐纳"的说法，那么，《霜降辞》和《在天目山依靠一棵大树》这两首诗，似乎正暗合了人与自然的神秘关联，诗所呈现的，恰恰是人与自然之间的一个联动的过程，在其中，人由他自己的活动引起和调节人与自然之间的物质转换，人以一种自然力的资格或主体的力量，与自然形成对峙或默契，也许，这就是一种心物的交流和互动，物我交融，和谐默契，峰回路转，柳暗花明。

若按代际讲，李皓属于70后诗人。但是，从诗的写作实际状态看，李皓实在是一位很难"归类"或者"归位"的诗人，我们很难轻易地将其划入什么"群"、什么"代"。虽然，李皓是一位有着强烈诗的伦理追求的诗人，但他的艺术表达方式、美学维度，始终处于一种复杂的变化之中：一方面，既有新诗传统中高蹈的、抒情的、翻译性语感化的特征，意象、隐喻等轻车熟路；另一方面，他也不缺少对现实、历史和存在的发问。尤其是，李皓能从一个事物的内在化的极其个人化的语境中，转而进入一个公众语境，摆脱掉惯性的二元对立修辞，直接进入存在的视域，以接近口语化的朴素陈述，敲击存在世界的真髓，同时，依然重视对事物和意绪的诗性创化，实现文本追求内语境的透明及其张力的舒展，词语间投射出健康而富于骨感的人格魅力。因此，我认为，李皓比其他同代诗人，也就少些现实的迷惘、虚妄和困惑，多些直面存在、体认普泛生命脉息的领悟，所以，李皓在这一代诗人中，也就颇有特立独行的诗学轨迹。欧阳江河说，大众传媒、电子手段"闯入文明"，产生新的用语、修辞、新的传播和消费手段，使得诗退缩到更为费解，更为隐秘、冒犯、过分、晦涩的语言构造，在心智层面上，晦涩作为反义词，构成我们时代的诗的特征。欧阳江河对诗歌的语言困惑，似乎并没有影响到李皓的词语结构。相反，李皓的先天之气——"慧根"，即善良之根，对人的爱心，使得他诗性的灵魂更加理智和成熟。他总是不断地在诗中审视自身生命的羸弱和空泛，检讨现代文明浸淫中的"暗物质"的存在。每当他直面现实的时候，他总是愿意从细微、细节着眼，点击世道人心的穴位，质疑面具式人格，拷问灵魂变异，在生活现场探幽洞明善良和麻木的冲突，于人性的缝隙处打捞人格的毁损，悲悯之心的残存，可谓揪心蚀骨。

> 暮色从四面八方围拢而来
> 路人们在琴声里作鸟兽散
> 路人的面孔越来越虚无
> 乞讨者的饭碗越来越模糊

在《拉二胡的乞讨者》里，"我"就像是一个现实的偷窥者，面对这样一个熟悉的老场景，人们在路上流荡浸漫，乞讨者那一曲《妈妈的吻》，早已"不合时宜"了，无论对于谁，都已经没有任何感染成分或者煽情的力量，人心似乎处于僵化和冷硬的状态，四面八方"围拢"来的，其实是人心的暮色。可是，李皓还偏要审视一下人的内心的纹理，他要呈现虚无而羸弱的面孔，在乞讨者的饭碗里如何生长出没有悲悯的荒芜。

"我没有勇气去投下一分钱,我也装作匆忙的样子。像某个都市里高傲的白领,对一首老歌,嗤之以鼻",写到这里的时候,诗人开始在自责中反思自己的精神伦理。

一位诗人细腻的、复杂的情感,其内在的精神、心态和梦想,以及诗的韵律、节奏、微妙的谐音、生动的暗喻,包括独特的分行、标点方式等要素,都应该是一个神秘的、有机的整体,只有当这些元素同处于一种结实、和谐的结构里,才可能使一首诗构成一个审美的存在,才能摆脱平庸的叙事和抒情。也许,这仅仅是一个常识,却是诗歌坚硬的质地,它由此使得一首诗生成一个小宇宙成为可能。虽然,在任何文本的形式和内容之间,都已经很难划出清晰的边界,而一种诗歌文本的形式实践,实际上就是对思想和情感的灵感闪现,就是对存在世界所进行的精神、心理的美学重组,那么,一个好的诗人,就无法不用心地去测量他的内心与世界的距离,无法不呈现与自身命运息息相关的冲动和愿望。李皓的诗歌,是如何测量自己与世界的边界的?他在咏叹自然、反思历史和现实的时候,终究在守望着什么?他的诗学取向,是一种灵魂摆渡,还是一种空间位移?当然,我们都注意到了,在李皓的诗歌里,他没有忽略诸如祖国、家乡和自己作为一名军人的情怀，在对这些主题的表达中，也凸显了一个诗人的拳拳之心，切切情怀。我们想要考量的是：李皓是以什么样的心态，来呈现内心真实的梦想的？在他的诗和有关诗的梦想之间，是一座山、一棵树、一条河流，还是万水千山？我想，我们有理由对这样的诗人提出更高的要求。

三

小说家、诗人博尔赫斯，本来就是一位耽于梦想的人，在失明之后，这种倾向和感觉愈加强烈，愈加变本加厉，他说："由于我拙于思考，我便沉浸于梦想，从某种意义上说，这样可以使我的生命在梦中流逝。这是我唯一能做的事。"沉溺于梦想的博尔赫斯，对迷宫、镜子和写作，迷恋到无以复加的境地，他喜欢在小说里写迷宫，写梦境，他甚至还写一个老博尔赫斯与一个年轻的博尔赫斯进行交谈。这时，我们就不免会猜想：对于博尔赫斯而言，写作是梦想的延伸，或者梦想是写作的延伸？写作与梦想，究竟是两回事还是两位一体？这也很容易让我们想起"庄生梦蝶"的境界，物我两忘，一位真正迷恋诗歌写作的人，可能不经意间就会把现实和梦想混淆，而且极可能将写诗视为自己的一种宿命，是一次与自己的重新邂逅。在一定程度上，诗人李皓就是在做这样的努力和接近。如此看来，李皓诗歌写作的精神坐标，完全是一种具有浓郁理想主义气质的抒情美学选择。他在诗中与自然对话，与时间对话，也与自己对话。这是一个诗人试图保持自己生命本色的努力，他以一种重写"个人史"的方式，烛照自己那一层特异的生存意蕴。

《我得坐车去一趟普兰店》是李皓诗歌的代表作，这首朴素至极的诗，一下子就让我们看出来这其实就是李皓的精神自传，当然，也可看作他的诗学宣言。从国外到徐州、东北师大、鞍山、沈阳、大连、普兰店、城子坦和墨盘乡，这些地名梳理出他简洁而清晰的人生轨迹，李皓在诗里打开了自己的存在之居的门和窗。无疑，这是离开家乡几十年后，李皓在诗歌里的第一次精神"还乡"，这也是他对诗和生活之间关系的一次自我阐释、自我解析。从语感和语境上看，李皓在这首诗里没有对经历、经验和想象做任何"处理"和"变形"，他试图在一种自白的状态里找到自己的根脉和来路，这样,李皓的诗的基本形态和人格个性,就在一种极其自然的风貌里尽显无遗。他特别强调"我是生在墨盘乡的乡下人""虽然我们一家三口住在大连,但我不是正宗的大连人,我是普兰店人"。在此,李皓实质上是在解释作为一个诗人的出身,与诗的人格及其经验的支撑点。他将自身置于最"原始""原生态"的感觉里,不做任何"改写",这完全可以看作他为了诗歌的骨正神清,摒弃诗歌的装腔作势和酸腐所做的自我盘诘和追问。所以,这首"自传体"诗,所呈示的是李皓的"诗思",而不是"诗情"。幽微而神秘的内省,直觉的哲思与冥想,都是对自己文化结构、心理结构和精神表情的倾情演绎。这是对自己写作的"出发地"的自我认同,是对"写作之根"的追溯,是一次精神根源上的自我清理。"朋友们都说我说人话,性情,不装,骨子里有小城人的耿直,自卑,不合时宜的豪爽",可以看出,诗人彻底道出了自己诗歌写作的人格渊薮,坦荡和率真,成为构成其诗歌风貌的生命伦理基础。因此,人性的觉醒和觉醒的人格力量,就使得李皓始终在努力摆脱语言的芜杂和心态的游弋,避免任由倾诉性的感怀,失去重心的散乱,以及由此带来的抒写现实生活的滞重感,这样的"耿直"和"豪爽"的水土风气,令东北之音的慷慨,一开始就在李皓的诗里尽显骨力。当然,从另一个角度讲,正像苏东坡当年所言,如果有气力的人就能写好字,那大力士都可以成为书法家,如此推论,如果只要具备人格力量和豪迈性情就能写出好诗,那么,天下壮士皆为性情中人,都可以成为吟诗作赋的浪漫文人了。就是说,一首好诗,一定是骨力和神采、沉着和优雅、底蕴和灵性、成熟和潇洒等元素的充分结合。也许,李皓永远也写不出清词丽句一类的娇音,因为词句和诗歌结构的粗粝,剑芒般的峭拔之气,才是其保持生命本色的追求。对此,李皓进一步夫子自道式地反思:

> 我已很少写诗,我看不惯圈子里
> 一些所谓诗人的狭隘与偏执
> 想写诗就回普兰店去写!那个
> 诗人扎堆的小城可以最大限度地
> 容忍我,放纵或者胡言乱语

可见,摈弃狭隘和偏执,直抒胸臆,早已经是李皓耿耿于怀的本色气度。我们都清楚"圈子写作"的含义，这也许是诗歌写作在当代现实中的尴尬处境，自我陶醉和孤芳自赏，沉溺生理性快感，或迷恋精神贵族的光环，难以寂寞地恪守，依旧是一些诗人种种自恋心态的无端伸张。李皓在困惑和寂寞中寻求突围，竭力在"还乡"的情愫中获取灵感，寻觅灵魂的静穆和安谧，我想，这一定也是他诗歌写作的原创动力。这时，我们仿佛即刻就会明白他"想写诗就回普兰店去写"的真正缘由。返回现实，返回自身，渴望原创性，耐心整饬自己的切身经历、体验为生命和艺术经验，是心智成熟的表现，也是渴望真诚诗心和诗歌语境的表达。我们可能会想这样的问题：普兰店，一座小城何以会"诗人扎堆"呢？或许，这座小城真的是有着热爱写诗的风气，许多人都有着良好的诗歌创作的心理机制，李皓不过就是诸多"业余诗人"中脱颖而出的一位。

> 我不是普兰店的传奇
> 也不是离开故土就咸鱼翻身的神话
> 我离开你们是万不得已。我多么
> 欣慰，在那些个不管有没有
> 预谋的饭局，我都能成为朋友下酒

的话题。偶尔故意泄露的短消息
让我耳聪目明,在城市暧昧的暗夜
分得清友谊与善意,挑拨与敌意

我们看到,这里的每一个人,都可能是普兰店诗歌场域里的一种传奇。一个走出来的诗人,他被故乡魂牵梦绕,根脉已经无法脱离这个场域。而诗歌写作的伦理,也正是在这里建立并且不断延续下去。李皓的这次诗歌"寻根",完全沉潜于自身,投入他个性的生命、诗歌记忆和言说之中,成为一种语义符号和隐秘意绪的不期而遇。这是诗与自我在故乡中的一次共鸣,也是一次精神、心理的自我确证,在这里,他没有克制,在平实如话的语境生成过程中,虽然因不拘章法而显得迷离和驳杂,有密实的叙事的段落,也有思绪跳荡的空白。时而充满突兀,弹性和光泽,自由而平实;时而意绪激昂,嵌进散文化、口语化,由无诗意的地方努力地生长出诗意,超现实的哲性,连接上生存的脉络,捕捉精神的风景,恢复内心的真实。这首诗写到最后,彻底地进入一个伦理的状态,重返故乡,这是一个永远"在路上"的过程,每一个人的诗情画意,都可能是一个神话,一个传奇,因为在物质、欲望和视听文化为主导的商业文明的笼罩下,诗歌本身和富于诗性的生活,俨然已经成为边缘化的孤岛。而普兰店,这个被李皓诗意化了的小城,成为一个"守望者"的营盘和归宿,也许,这也是我们这个时代对诗人苍凉的命名。

如此说来,李皓的这首诗,没有理念性词语的自我压迫,没有献祭的仪式感,更无通过诗歌写作改变命运的现实功利心,也没有虚无的碎片,这在一个人心浮躁的时代里,确立一种超越世俗的诗歌精神已属稀有之物。人格的纯正,努力保持着诗歌的纯正,乡风乡韵,浅情近理,诗的徘徊和执拗,就是命运的反转和收复,就是对世俗的不妥协。在世俗中超越世俗,在朴实中伸展朴素,更是在坚守中重温志趣和理想。

若回顾从《诗经》到唐诗宋词,我们会发现,咏物诗都极尽中国传统诗论"赋比兴"的路数。而当代诗人则更以现代意识为底蕴,兼容现实主义和浪漫主义的情怀,承领传统的余泽,将现实与超现实、写实与意象杂糅,生发和表现出现代人更为复杂、奇崛的感念。李皓虽然恪守传统抒情诗一路的写法,但他凭借出色的想象力和真情实感以及独自深入的现实意识,拓展了虽不先锋却也品质不凡的个人天地。

在李皓大量的咏物诗中,我更喜欢《皓月三章》。这是一首"刻意"要与常识产生悖论的诗。他将内心的人格信念,存在、事物的真相以及自我诉求含蓄地呈现出来。"要说就说说月饼吧,它身上洋溢的气息,与享乐主义无关,与浪漫主义有关",充满了人格化意绪的感怀,蕴含着一种精神的力量。在民间,月亮已经被脱化成一枚枚可以分别高低贵贱的月饼,已经成为被彻底符号化的世俗的事物,但是李皓则心有不甘地将其引申到浪漫主义的情怀层面,可见,去物质化的理念始终缠绕着他。"多么虚伪!宁可在空洞的往事中作茧自缚,也不愿像吃掉一块月饼一样吃掉悲观与绝望""月亮越升越高,那一张半明半暗的脸,是深渊!在那面不合时宜的窗帘背后,喊我",显然,诗人从月亮和月饼所链接般的比附中,看到了人的自我游离的形象。人不可能在"空洞的往事中作茧自缚",一种语言符号与隐秘的意绪不期而遇,而且生发不合常理的逻辑推断:月亮在云翳的遮蔽下,半明半暗的脸,竟然是一个巨大的深渊。对于月亮的想象,苏东坡的词堪称绝唱,悲欢离合,阴晴圆缺,琼楼玉宇,起舞弄清影,是一种大格局的浩渺和时空想象，但李皓只顾沉潜于自身，以一种迥异的象征或者联想，来展现俗世情感经验的特殊性，以此抵达一种对真实存在的突然的洞悉和揭示。由此生成的语境，虽然显得格外驳杂和迷离，充满间隙，充满阴影和空白，但意念诡异，奇思妙悟，杂糅相生，不一而足。诗人弗罗斯特当年"我们需要学会在隐喻中生存"的表述，在今天的确已然成为常识，而李皓在《皓月三章》中所隐喻的"月亮"是一个"深渊"，是一个"窗帘背后"的阴谋，显然，这就体现为另一种隐喻的思维和逻辑，意象和观念的转换，让我们感受到诗人所处理的物象本身的丰富性，他重新建立了一个隐喻的现实，月饼的现实和月亮的隐喻，一个实际的、现实的事物与一个虚幻的情境之间衍生的竟然是陈子昂说的"洗心饰视，发挥幽郁"，这种新奇感、惊异感、意外感，成为一次原发性的灵魂叙事。

毋庸置疑，李皓的诗及其诗风，其实就是他为人的真实写照：不虚伪，不造作，不矫情，不暧昧。他的诗，踏实中透着机智和灵气，体悟中闪烁着质朴与从容，又不失理智和玄思。记得前年我在阅读张新颖的诗歌时，曾写下这样一段话："我常常武断地想，近些年来，许多诗人沉浸在一种焦灼、浮躁的心理编码中，诗歌写作对许多人几近于一种逼仄、紧张甚至处于挣扎的状态，写诗应有的精神气息和文化感，沦为一种无奈的精神消费和心灵被迫。可爱而单纯的诗人，尤其20世纪80年代诗人那种中气十足，阳光灿烂、昂扬的情怀，早已荡然无存。诗，其实完全可以视为一种个人史的写法，而诗的实质和象征，最终需要抵达的，则是真实、朴素无华的灵魂现场。缺少这样起码的理想，诗歌就无法构成真实、庄严而优雅的美学活动。"可以说，我对我们这个时代的诗人的期待由来已久。是的，我们这个时代太需要真诚、朴实和深刻的诗人了。我认为，李皓的诗歌写作及其诗歌美学，充分地张扬出为何活着和为何写诗的朴素命意，唯有诗人的内心叙事，才会时刻触及和震荡一种现实：心理的现实，命运的现实，文化困境的现实。也就是说，一个人的诗歌写作，其实就是一部真正的个人灵魂史的书写，也是为了探索诗性和心性的和谐共生，我相信，在这样的诗歌行旅中，未来的诗人李皓，会有更大的格局和气象。

目 录

我得坐车去一趟普兰店	001
本命年自画像	008
处 女 座	010
春分前夜送关明强归京	012
带着野菜去看母亲	014
当年我用枫叶写过信	016
返 程 车	018
记住,女儿	019
拉二胡的乞讨者	021
蓝 裤 子	023
芒种日陪父母登泰山	026
在宁波与战友赵兵小酌	028
秋日还乡	030
我偏爱鸡肋一般的友谊	032
他乡是一个受伤的词	035

植树节翌日怀念一棵乌有之树　　037

时间之间　　039
6月6日游碧流河水库看遍地槐花　　041
8月1日早晨的蝉鸣　　043
白　露　　045
残荷十四行　　047
春　风　落　　048
春天的冰河　　050
到冬天的田野里走一走　　052
寒　露　辞　　054
将一场雪置身事外　　056
没有一首诗可以抵挡秋雨绵绵　　058
七　夕　雨　　060
青　杏　吟　　062
清晨的海边　　064
清　明　醉　　065
晴　空　　067
秋日黄昏的乌云　　069
秋天的镰刀　　070
秋雨黄昏　　073

霜 降 辞　　　　　　　　　　075
突然的早晨　　　　　　　　076
无雨清明　　　　　　　　　077
雾 凇　　　　　　　　　　　078
歇马山的早晨　　　　　　　079
在冬天说到月亮　　　　　　081
雪落中山广场　　　　　　　084
夜宿京华翌日晨遇第一场春雨　086
用一滴谷雨敲打春天　　　　088
雨越下越大　　　　　　　　090
月亮平衡术　　　　　　　　092
在沈阳遇见雾凇　　　　　　095
在雪中想起一个人　　　　　097
总有一滴甘露让我清清白白　099

皓月三章　　　　　　　　　101
拔 萝 卜　　　　　　　　　103
白 云 帖　　　　　　　　　105
爆 竹　　　　　　　　　　　107
创 可 贴　　　　　　　　　109
稻　　　　　　　　　　　　111

杜鹃坡	113
狗尾巴草	115
过桥米线	116
红嘴鸥	118
花山隐居的鸟	120
花　生	122
槐花，槐花	124
槐花解	126
金州大樱桃的幸福时光	128
就是几片叶子	130
绝望的玻璃	132
一杯茶中的江湖	134
哭泣的玉米	136
墨盘花生	138
苹果独语	140
坡	142
蒲石河：石头和枫叶	144
七步成诗	146
扫描月亮	148
山　枣	150
烧　水	151

树，没有老师	152
树上的鸟窝	154
睡　莲	156
酸菜馅儿饺子	157
疼痛的槐花	159
天　籁	161
想起焖子	162
向　日　葵	164
歇　马　杏	166
岫　岩　玉	168
野　菜	170
野生杜鹃	171
野鸭之歌	173
樱　花　词	175
樱花一直在动	177
樱　桃　辞	179
有轨电车	181
在原始森林里仇恨斧子	182
在天目山依靠一棵大树	184
八斗岭十四行	186

笔架山庄十四行	188
戴河边听蝉	189
到朝阳看梨花	191
独自走在莲花湖的林荫道上	193
肥东，必定桃花	196
奉 国 寺	198
过王山头桥	200
浑 江 口	202
锦 江 山	204
老龙头记	206
普陀山桃花	208
三岔河湿地	210
山海关记	212
吴家小院十四行	214
小寒日乘车北上记	216
徐州：一个人的战役	218
一杯茶的天池	220
银 杏 村	222
隐喻的太行	224

我得坐车去一趟普兰店

出国旅游的时候我是中国人
在徐州念军校时我是东北人
在东北师大读研时我是辽宁人
在鞍山沈阳当兵时我是大连人
在大连做记者时我是普兰店人
在普兰店工作时我是墨盘乡人

我得坐车去一趟普兰店
就像我从未去过一样

我一遍一遍不厌其烦地向人们
解释墨盘乡在古镇城子坦的北面
虽然我父母现在住在城子坦
但我是生在墨盘乡的乡下人
解释现在的普兰店就是当年

旅大市下辖的新金县。虽然我们
一家三口住在大连，但我不是
正宗的大连人，我是普兰店人

我得坐车去一趟普兰店
就像我从未去过一样

就像雷平阳只爱云南省昭通市
我只爱普兰店，狭隘，偏执
只有这样我似乎才像个真正的诗人
尽管在大连生活这十来年
我已很少写诗，我看不惯圈子里
一些所谓诗人的狭隘与偏执
想写诗就回普兰店去写！那个
诗人扎堆的小城可以最大限度地
容忍我，放纵或者胡言乱语

我得坐车去一趟普兰店
就像我从未去过一样

我身体里牢牢的普兰店的印迹
不时被我的口音泄露,被我
城里的女友诟病,她总是对我的
方言进行秋风扫落叶般的打击
总是希望我变成地道的大连人
才好跟她般配。我说的话
不是海蛎子味大连话,也不是
普通话,但朋友们都说我说人话
性情,不装,骨子里有小城人的
耿直,自卑,不合时宜的豪爽

我得坐车去一趟普兰店
就像我从未去过一样

我打肿脸充胖子一样地胖了起来
伴随着酒精肝脂肪肝高血压
我像个小有成就的城里人一样
胖了起来。当我坐车回到普兰店
我先前那些绯闻女友都说我
这个样子带派,像个主编

你总拿来说事的我的那些绯闻女友
这些年我已把她们当成了亲人
我有时甚至忘记了她们的性别
她们惯着我,容许我说脏话
说那些来路不明的黄段子
我很享受这样的心无芥蒂

我得坐车去一趟普兰店
就像我从未去过一样

我向一个老女人低头认个错
并不代表我的低贱,除了膝下
男人的豪气,大度,都是黄金
我考研,我混个一官半职
不是为了与你们拉开距离
这个浪漫的城市里有太多太多的
陌生人。我需要一张光鲜的名片
它的质地,必须与一块敲门砖
相媲美。而回普兰店只需一辆车
或者一张名片大小的车票

我得坐车去一趟普兰店
就像我从未去过一样

兄弟你说什么我都不怪你
就像我回普兰店你请不请我吃饭
我都不在乎。档次高的玫瑰园
档次低的胖嫂烧烤四哥羊汤
乡里乡亲的农家菜都有各自的
深意。普兰店是我的乡土与后路
源源不断的素材成就着我的
新闻理想,在大连做记者
我不敢犯一丝一毫的错误

我得坐车去一趟普兰店
就像我从未去过一样

如果我对普兰店缺乏足够的敬畏
一不小心伤了大家的心,兄弟
你别怪我!我不是普兰店的传奇

也不是离开故土就咸鱼翻身的神话
我离开你们是万不得已。我多么
欣慰,在那些个不管有没有
预谋的饭局,我都能成为朋友下酒
的话题。偶尔故意泄露的短消息
让我耳聪目明,在城市暧昧的暗夜
分得清友谊与善意,挑拨与敌意

我得坐车去一趟普兰店
就像我从未去过一样

在玫瑰园吃一顿海鲜大餐
在洪盛羊汤馆喝一碗四哥亲手
熬制的羊汤,在乡里乡亲点几个
地地道道的农家菜。酒
是断不能缺的,喝到称兄道弟
喝到信口开河,喝到我们就像
从不曾相识。酒后,胖嫂烧烤店
是一定要去的,听说憨态可掬的
胖嫂得了不治之症。在胖嫂烧烤店

见不到忙前忙后大呼小叫的胖嫂
普兰店的夜晚让我怅然若失

我得坐车去一趟普兰店
就像我从未去过一样

本命年自画像

红衬衣包裹的
血压血脂都有些偏高
红裤衩包裹的
前列腺有些轻微钙化
红衬裤包裹的
膝盖关节有些说不出的疼痛
红袜子包裹的
多年的脚气总是挥之不去

感谢这些吉庆的花朵
让病痛与邪气多少有些隔膜
免得这些狐朋狗友
防不胜防搞到一起
成了得罪不起的神秘太岁

像秋天里收获果实那样

总是挑最好的采摘

我们最好把侠肝和义胆

用一根手术刀一样的红腰带

——将它们摘除

那被收敛的

绝不仅仅是火气、傲气和怒气

当身边实在没有什么

能让人眼红

我们却比任何时候

都更需要一块遮羞布

处 女 座

这真没办法！沙子
还是不断地揉进我的眼睛

揉进了沙子的眼睛
就像枪没了准星，看人
总是模糊不清，怎么
也瞄不准你那颗高贵的心

直到看错，让我后悔不迭
只好用泪水将沙子一遍遍淘洗

沙子是顽固的，它有时是
挑拨离间的谗言，有时是从背后
捅来的刀子，有时是潜意识里

望风捕影的绿帽子

我喜欢用泪水跟一粒沙子赛跑
直到被洁癖,硌得千疮百孔

春分前夜送关明强归京

一觉醒来,我们都已是中年
时光用一个节气,为劳碌的命运分野

少年的诗社,北国草,辽南风
它们与春天息息相关,又格格不入

我们的鬓间一下子都白了,像柳絮的陷落
记忆比腰间更加臃肿,目不忍睹或无言以对

我们都成了青年之友,那本嫩绿的杂志
改变过我们,也塑造了我们

你说你是农夫,用一头猪和一棵树跟土地较劲
我傻子般侍弄的文字,轻佻,百无一用

我们终将都归于泥土，像尘埃那样活着

春天给了我们又一次机会，我是另一粒尘埃

带着野菜去看母亲

说到反哺,我的唾液里
带着毒。我含泪的目光在春天
焦渴的田野里一遍遍逡巡,看见
山林间母乳一样绿色的百草

婆婆丁,刺嫩芽,刺五加
凡此种种,入药,祛火,生津

我的父亲母亲,房有三间
地无一垄,搞不清粮食的来龙
和去脉。我带上一筐野菜
去看母亲,母亲早已将锅里的
清水煮沸,等着野菜下锅
朴素的食材,汆成味甘性平的草药

吃不了的,浸在一盆凉水里

不温不火的母爱从此百毒不侵

当年我用枫叶写过信

想起当年,少不更事
我把一枚枫叶当作金戈铁马
用沸腾的青春笔走龙蛇
写下潦草的"见字如面"

可它终究是干枯的
我用塑封留住了叶子的脉络
形状尚在,而神已走散
无疾而终是逃不掉的宿命

如今人届中年,枫叶已如
各色人等一样司空见惯
那封自欺欺人的信,我是否
一厢情愿地"此致,敬礼"?

倘若它还保留一丝血色

那是不是早已生锈的时间

给初衷系上了绳索

在不为人知的地方慢慢瓦解

返 程 车

七十元或者八十元,有时贵一点儿,有时
便宜一点儿。就像我身体里攒下的激情
有时多一点儿,有时少一点儿

这是四个乘客的费用。为了去
赴一场久违的盛宴,我愿意这样奢侈
愿意让这不合法的营生
把我带到一个深渊

这个夏天深不可测,由此
我平淡的人生多出一段时间和历史
那些时日,我把返程车视为知己

返程车司机像个密探。我看见
一丝不易察觉的笑容闪过他的脸颊
好在,他总是不动声色

记住,女儿

女儿,当你走上美航舷梯的时候
请你回一回头
看一看你身后的城市、天空
看一看你含泪的父母、祖国
尽管这个城市的天空还有些雾霾
尽管你的父母还有着这样那样的缺点

记住,女儿
没有谁
会比我们更加爱你

女儿,当你踏上异国他乡土地的时候
请你停一停脚步
想一想你习以为常的母语、肤色
想一想你不谙世事的逃避、梦想

其实你的母语还没有达到炉火纯青
其实你的肤色永远也无法更改
其实你暂时的逃避不正是为了梦想的追索?

记住,女儿
无论你走到哪里,无论你使用什么语言
唯有祖国,永远不嫌弃你

拉二胡的乞讨者

他以为所有的路人
都有着良好的音乐素养
他在拉着一首《妈妈的吻》
我听得真切
那些路人却充耳不闻

暮色从四面八方围拢而来
路人们在琴声里做鸟兽散
路人的面孔越来越虚无
乞讨者的饭碗越来越模糊
我看得真切

我没有勇气去投下一分钱
我也装作匆忙的样子
像某个都市里高傲的白领

对一首老歌
嗤之以鼻

但也可以
在不久之后的早晨
想起这首歌
和这位乞讨者

蓝裤子
——写在沈空司令部91清原集训队学员群建立之际

我看见一群熟悉的蓝裤子
正列队向我走来
他们摆臂的声音比春风还要响亮
此刻,用一下英姿飒爽这个词
显得那么贴切,那么意味深长

她们是小曹、小朱、小赵、小黄、小周
他们是小谈、小姜、小陈、小那、小景
我是小李,消瘦自恋哥们儿浪气的小李
没错,我是你们队伍当中的一个
我也穿着一条藏蓝色的军裤

更多的时候，我愿意把你们
想象成孟旗沟漫山怒放的杜鹃
鲜艳欲滴，香气四溢，美不胜收
无边无沿地装点着清原的春天。而有了你们
1991年根本不需要诗意的修辞

那些年，我多么想把你们当中
某一个美丽的女兵，变成我的妻子
然而失之交臂的宿命，让我们走着走着
就走散了。那条蓝裤子已经洗得发白
我不愿遗弃，那或许是我们的接头暗号呢

其实许多男兵都有着与我一样的想法
只是不敢表达或者还没来得及说出
清原的春天转瞬即逝
而孟旗沟早就成了我们被风霜打磨过的
脸上，那一条最深的皱纹

可我只记得你们年少单纯的面容

不施粉黛，不胜娇羞，没一丝杂念
像清一色的蓝裤子，不敢轻易地去触碰初恋
如果时光之水真的可以倒流到二十三年前
这一季，清原的杜鹃只为我们盛开

芒种日陪父母登泰山

父亲说
过了芒种,不可强种
麦芒亮出了剑胆
让举头三尺的玉皇顶
不走偏锋

雾气蒙蒙的中天门
像一截模糊的中年拾级而上
走在前面的二老
一次次压住我的头顶

看不见的担子
在那个挑山工的肩上
忽隐忽现
而我的渺小

则隐匿在人堆里，众山中

齐鲁到底能有多青？
那青梅煮过的酒
散发着未了的丁香
养育之恩远比岱宗更加浩荡

我只要握住父亲母亲的手
就轻而易举地靠上了泰山
我弯一弯腰
他们的脚步就变得无比轻盈

在宁波与战友赵兵小酌

小酒馆是嘈杂了些
打烊也早了些
但这并不妨碍往事
把我呛出眼泪

你讲得多,我讲得少
在宁波方言里
你的东北话
显然很少像今夜这样
有用武之地

五瓶本地产啤酒
为你润喉,也为我的眼窝
补充了水分和养分
来自舟山群岛的小海鲜

已经索然无味

我看得见你眼里
年少时的刀光剑影
当一切都宁静下来
你帅气的大眼睛
还是那么传神

亲情，友情，爱情
都不能使你垂泪
但你柔软的心
把江南最冷的夜晚
搅得七零八落

你的黑色皮夹克，与午夜
迅速缝合起来
但我中年的视线
却被恰到好处地解开

没有了风纪扣的春天
此刻正卷土重来

秋日还乡

那落光了叶子的树,是在
向故乡举手投降吗
那无法克制的山一程,水一程
无非是想把自己归还
在一条路的尽头
在一棵树的根部
除了一枚飘零的落叶
除了一个虚晃的身影
比晨雾还淡,比炊烟还轻
比初恋还可有可无
那收割后的田野空空荡荡
那被遗弃的秸秆无人收场
相比于一枚落叶,它们
更加容易被人遗忘
因为它们不曾拥有一个

朗朗上口的乳名

而村口的三叔二大爷

稍作打量，轻易就认出了我——

呵呵，这不是秋生回来了吗

我偏爱鸡肋一般的友谊

我越来越觉得
友谊像一根无形的骨头
被某条狗叼在嘴里
一会儿叼到这个聚会的饭桌上
一会儿叼到那个蝇营狗苟的圈子里

所谓的情和义
被一小撮意淫成带血的肉屑
只消三寸不烂之舌
就能轻易将从前相濡以沫的东西
舔舐得干干净净

这时的骨头已经索然无味
扔掉了又让人怅然若失
索性就让它叼来叼去吧

像叼着一枚勋章
像叼着五湖四海

相比于那些义薄云天的善举
我偏爱鸡肋一般的友谊
暴风雨过后
那些潦草的云彩让人唾弃
我必须屏蔽我的骨髓

那些年，我们仗义过
我们都把彼此当作友谊的全部
那些美好的注脚
正在被一只只叫作嫉妒的蛆
蚕食着

你我四目相对的时候
我已骨瘦如柴
而你显然是个不错的厨师
你把我的一举一动都当作作料
为今天的陌路添油加醋

在一根鸡肋面前我已别无所求
这个世界只有爱情让人绝望
我喜欢用你递过来的刀子
心平气和地刮骨疗伤
直到疼痛变成我的一种生存方式

他乡是一个受伤的词

失散。抽离
说不上决绝,但有着绝尘而去的美
其实我看到的只是一个虚无主义的背影
应该有一滴真切的泪
落在欲念的梅花上

你的眼神为什么如此哀婉
你带走的只是一滴水
递给我的却是整个河流
这滚烫的花朵
在正月里的午后滴水成冰,为了忘却
我可能需要用尽一生的力气

在北方,冬天里只开这一种花
当她离群索居

所有的日子都是废墟

他乡是一个受伤的词

只一念

天色就暗了下来

植树节翌日怀念一棵乌有之树

我要说的是1990年的植树节
要是那一年,真的无意之中
栽下一棵树,到2018年植树节
这庸常的一日,该有整整28个年轮了吧

说起来,当时还真应该栽下一棵树
你想啊,我当时是个穿绿军装的小战士
多像一棵树哇,枝繁叶茂
或者说叫风华正茂,已经都发了芽

年轮这个东西,跟涟漪没啥区别
一圈一圈,你看着不断放大
其实是慢慢散开,渐渐趋于风平浪静
就像一切从没有发生,了无痕迹

要命的是你心里会有这么一棵树
子虚乌有,却跟3月12日植树节
这一天,无意之中有了瓜葛
记忆是会复活的,像枯木逢春

不可能起死回生了,因为它过早地
夭折于萌芽之中,只留下一个虚拟的
树的影子,一个不更事少年的轮廓
他的出发点多么美好,但他并没有出发点

走心的物什,应该叫原点或者叫圆心吧
痛点的原点,刻骨铭心的圆心
用28年将一棵树化为乌有
春天因此一将成名,而我功德无量

时间之间

在小城的夏天,八点之前
和九点之后的蝉鸣
是不一样的

八点之前的蝉鸣是聒噪的
是心烦意乱的
是不合时宜的

八点是有预谋的,设计好的
叩门声和蝉鸣是心照不宣的
前者响起,后者必须戛然而止

至于在敲门声和蝉鸣之间
还有什么声音
我已无从想起

而在八点和九点之间,我分明
听见风的呢喃,覆盖了蝉鸣
覆盖了不期而至的一场雨

九点之后的蝉鸣,因为雨的到来
而变得意乱情迷,或者
幸灾乐祸,却不为别离

在八点和九点之间,是一个小时
在时间和时间之间
是甘霖,是薄如蝉翼的隔阂

6月6日游碧流河水库看遍地槐花

碧流河水库是大连的水源地

这个大家都知道

有点诗意的人叫它　水碗

这个有些人不知道

碗里是不能洗头的

我也不敢在碗里洗头

于是我满头的头皮屑

都散落在水库周围的山上

一片一片　白花花的　触目惊心

有人说

这叫　枕上雪

这雪是带了香味的

很浓郁的香味　像母亲年轻时搽的

雪花膏的味道

而且年年这个季节都在街上飘

乡下的格外香

稀里哗啦的

扑鼻

在碧流河

我是个散漫的游客

在城里

我是个不肖的儿子

一朵槐花　能不能医治

我脑袋上罹患多年的皮肤病

早已不再化妆的母亲哪

雪花膏对我来说

是一种药

母亲　你的白发

把我的眼耀得好疼　疼出泪花

8月1日早晨的蝉鸣

它们显然调高了调门
让我从安详和从容之外
听到另外一些声音
诸如枪声，炮声
战士们的呐喊声

一把枪再次在梦里浮现
枪刺的寒光折进窗棂
鸣蝉抖动的尾部
与扳机一脉相承
而不动声色是一种美德

出征号按住了敌人的命门
在那些细密的聒噪声中
我能找到一颗子弹完美的轨迹

噗的一声

一切归于平静

这个早晨

因为一只鸣蝉的光顾

命运的慨叹卷土重来

它蹑手蹑脚的样子

像极了那双哽咽的解放鞋

白 露

是夏天不相见的阴影
是秋天故意泄露的叹息

你不言语,让人产生无限的
非分之想,你一袒露
叶子们
都绝望了

故乡的早晨载不动你
千娇百媚的愁绪
比月光还白的
是一条看不见的青筋

月光是有脉络的
白露是有品格的

当秋虫垂死
一滴露水比一杯酒
更加醇厚

好吧
在一滴水里聚散
在一杯酒里悲欢
在一个病句里
呻吟

残荷十四行

谁把秋风翻到的这一页弄皱
或者说
你在向谁下着逐客令
之前的时光腹有蜜饯
这一夜让人心寒
这个季节让男人消沉
而女人的花开得正兴
阴差阳错的病例炙手可热
蹩脚的爱情史
比一枚干瘪的莲子更加乏味
水下的残枝败叶,譬如肝胆
水上折断的脖颈,譬如肋骨
谁还记得哲人的思考,美人的额角
迟暮的江山哭笑不得

春风落

春风落在柳树上
就变成了鹅黄鹅黄的叶芽
春风落在桃树上
就变成了粉红鲜亮的桃花
春风落在玉兰上
就变成了硕大粉嫩的白玉兰

春风浩大
一抓一大把
就像街头巷尾的迎春花
就像漫山遍野的油菜花
就像眉毛与胡子
根本没有主次

当大把大把的春风

落在我的身上

我既不发芽

也不开花

我只是活动了一下心眼儿

我只是惦记着神祇一样的春风

如何无中生有

如何把春天这头发情的公牛

一点点打得落花流水

春天的冰河

只有在暗流涌动的春天里
浮冰才能显示出自己强大的一面
譬如硬度,譬如力量

春水让浮冰在自己宽厚的怀里
停下来,驻足或者小憩
而浮冰则让春水流动开来

似乎唯有流动和互相依靠
才能让春水欢快地喊叫起来
春天才会亢奋地站立起来

一块浮冰就是一个怪异的念头
那些蠢蠢欲动的生命
使河流和人间显得格外拥挤

不过春水有足够的手段和技巧
让浮冰们低下头来
并最终成为自己的一部分

当冰和水都有了爱恨和情仇
我们的命运就开始被一些外物裹挟
而泥沙只是我们骨骼的一部分

到冬天的田野里走一走

不知是土地绵软还是我的腿发软
反正是深一脚浅一脚
像初夜的懵懂,在每一寸细腻的肌肤
面前,我都是一个不折不扣的
愣头青

显然我是缺乏经验的
相比之下,那些大手大脚鼾声如雷的
乡人,比我更加懂得如何
侍弄土地和婆娘,如何
让土地捧出金黄的粮食
让婆娘生下一炕粉嫩的儿女

而土地终究要报复一个不肖子嗣
它让地火凝结成冰

绵里藏针，让我不敢跺脚
它把泥土吐在一双忘本的皮鞋上
像一口口浓痰，怎么掸
也掸不掉

到冬天的田野里走一走
我有些不知深浅
与老亲古邻谈论墒情的时候
冷风不断灌进我的脖子
像一只无情的大手，掐得我
连一个字，都吐不出来

寒露辞

必须弄清一滴露珠的来龙去脉
才能在汪洋大海抓住一根慈悲的稻草

如果能被露珠里的一道寒光杀死
这个秋天我们将显得多么幸运

我们必须对生活的波澜不惊负责
雁阵多年未见,草丛里什么也没跌落

用一些干草把自己裹紧吧
让露珠回到眼泪,让锋芒回到眼神

在一片叶子上滚来滚去,在草尖上打转
我们有必要对人淡如菊保持足够警惕

我们输光的,绝不仅是甘露寺的钟声

这个早上,没有什么比一滴露水更为欢喜

将一场雪置身事外

有人在雪里飞奔去往他乡
有人在雪里找寻回家的路
说什么殊途同归
没有一个人
能将一场雪置身事外

有的人在雪里拍摄
有的人在雪里写诗
谁能与一场雪相安无事
谁就抓住了事物的本质
看雪是雪

将一场雪置身事外
就是将那正在窗外下落的雪
看作不是雪

而是那些躲进小楼的东风
在挣扎着向上蒸腾

白色的神灵
栖在三尺之下的头颅之上
庸人和俗人一起
思考着雪花存在的意义
而雪花从不打扰庸常之辈

一杯茶让一场雪安静下来
在一张白纸上填充虚空的桥段
让白纸比雪还白
白得就像这场雪
从来就没有下过

没有一首诗可以抵挡秋雨绵绵

处暑的链轨,向一首诗的春梦
得寸进尺地碾轧过来
我惊出一身冷汗
一些正义的动词和邪恶的形容词
纷纷做鸟兽散

没有一首诗可以抵挡秋雨绵绵
沤在水里的一地鸡毛
准确地点中所谓智者的死穴或者命脉
没有哪个季节
不需要一个果断的了结

沤出的味道是诗歌里的腥
没有一个人能百毒不侵
一个身体向另外一个身体碾轧过去

一滴雨永远无法抵达另一滴雨

一首诗曾经清洗了另一首诗

被烂泥蛊惑的女儿墙

并没有在诗人的暧昧中坍塌

草尖上的石头比露珠更加晶莹

被曲解的正在被和解

秋雨带来不可预期的狂欢

七夕雨

一滴雨就是一个诺言
而一个诺言
则是你的一滴泪

泪有五味,而雨只有一味
唯其寡淡,方显率真
唯其执念,方显恒久

一滴雨让天地迅速交合
一滴雨让两颗憔悴的心
贴得更紧

我有一万个诺言
今天我只说出一个
剩下的统统寄存在神明的银河

你把它看在眼里

我把它举过头上三尺

一滴雨与另一滴雨相拥而泣

青 杏 吟

在成熟之前

青杏更像一片圆圆的叶子

就像山间的清泉

经过石头的时候

更像石头

自由自在的山风

带来清晨山鸡的鸣叫

当青杏成为红杏

最初的叶子

就成了高高的围墙

比树还高的叶子

高不过一颗欲滴的红

你要赶在青杏时节

去山里走一走

因为此时

叶子和果实还可以

混为一谈

而青杏和红杏

还互不相认

清晨的海边

此刻的蝉鸣是腥的,咸的
它的声音是海岸线一样的锯齿
经过海风的打磨
变得格外锋利
它把海浪锯碎,它把阳光锯碎
它把云朵锯碎,它把时间锯碎
它把音乐锯碎,它把味道锯碎
它把一切能够锯碎的
锯成一株小草,或者一滴细雨
甚至一粒若有若无的尘埃
我也被它锯成若干个小我
有的,在海边
有的,在九霄云外
有的,在心里
有的,干脆就没有

清 明 醉

爷爷，我只当你是又一次喝醉了
那呼啸的山风就是你的鼾声
把人世间的烦扰，猜忌，白眼
都吹得烟消云散！正好
你也懒得看这个污秽了的俗界
只是你坟头的青烟
总也不散，那是你的灵魂在走动
天当被，地当床
这不正是你想要的生活吗
你很享受身上的泥土吧
它能长出玉米大豆谷子高粱
也能长出野菜蒿草树木和烟雨
它们比我和爸爸，你的孙子和儿子
陪你的时间更多。今天
我们又带来了一瓶老白干

在谷雨来临之前,你和它们

再次一醉方休吧,一醉

就醉它一年。来年今天

爷爷,你还在这里

等我,你的孙子

我的爸爸,你的儿子

还有一瓶辛辣无比的

老白干

晴　空

天空上一丝云彩也没有
其实到处都是云彩
只不过那些云彩
都是蓝的

就像至清的水里无鱼
其实到处都是鱼
只不过那些鱼我们看不见
它比水更加透明

晴朗的天空只是整个天空的一小部分
平淡的日子是沧桑岁月的大部分
清水是浑水的某一个阶级抑或阶层
鱼是水留在高处的影子

我们穷其一生追索的一片虚无
只是无中生有
当山穷水尽，看不见的白云
是低处，看得见的花

秋日黄昏的乌云

这飘在天上的石头
像一个不速之客的抵达
你的来意令人生疑

你显然不是来补天的
你是来给一条秋天的河流
添堵,或者生乱的

你行将就木的脸色
让这个垂死挣扎的秋天
有一种腐朽的味道

乌云里的夕阳,多么
像一朵插在牛粪上的鲜花
诡异的笑容里带着明媚的羞愧

秋天的镰刀

是不是秋风把它吹醒
是不是它
闻到了稻谷成熟的香味
那风实在撩人,那香味实在诱人
连钢铁
也把持不住

刀刃上的锈
是眼眵,是过往的泪水和汗水
沉积的毒
是霉斑,是不愿翻动的往事和情愫
被尘封多时
鼓出的脓血

唯有一块石头

可以让那颗坚硬的心
复活
硬碰硬
才是一种真正的打磨
沙沙的摩擦声中，迸出
看不见的火星

一定要有水
镰刀在水的抚摸中
亢奋起来
水在镰刀睁开的眼眸里
打着转儿，楚楚动人
这时，石头
矮了下去

与石头一起矮下去的
还有水稻、玉米、大豆、高粱
还有金黄的田野
那是分娩的母亲
不再隆起的肚皮呀

磨石上残留的水
像极了脐血

站起来的镰刀
不眨眼
那欢畅的割裂的声音
总是那么荡气回肠
是呀,一年就这么一次
我越想把持它
却越把持不住

至于那些老气横秋的枯树
和口无遮拦的乌鸦
它们的存在使我的悲欢
更加有血有肉。太多时
镰刀只是秋天必然的过客
而我,更愿意
与一棵稻草相依为命

秋雨黄昏

我们聊着聊着,天色就暗了下来
我们聊着聊着,秋雨就一点一滴地
浮了上来。屏幕上的方块儿字
让我发冷

这一滴又一滴令人心悸的
方块儿雨,来得比一枚落叶
轻盈,比一道闪电的眼神
迅疾

我把秋雨视为季节改变的借口
它对窗棂的敲打,是在探听虚实
只有误会的云彩能生出
虚伪的寒凉

你一遍遍重复着所谓经验之谈
而黄昏,早已把秋风掩盖得
只剩下一声紧似一声的
叹息

一滴雨能证实什么?一滴雨
挨到明天也不一定是朝露
一滴露水看尽人生繁华
而雨,只能为水修行

是什么正在修改或者被修改
雷声隐去,雨点儿正在慢慢变大
刚刚被秋风调高的调门,只消
轻轻触碰,便已喑哑

霜降辞

哦！多么好的比喻：秋天的尾巴
我抓着你，我的鬓角正在慢慢泛白

不得不承认，我一直在夹着尾巴做人
可是树叶还是砸了下来，你又一次
点燃了我

这怎么能叫引火烧身呢？
与一粒霜不期而遇，化就化了吧

取暖期即将来临，阳光正在收窄
菊花侧一侧身，你傲慢的眼神
就会挤进更多的稻草

突然的早晨

我确信秋老虎的身上是干的
昨夜的电闪雷鸣,老虎吃天
耗尽了它全部的汗水
整个夏天被这个早晨一饮而尽
妻子的肌肤爽滑起来
我也不再无缘无故地心虚
尽管事情来得有些突然
却总是与我不谋而合

无雨清明

先人带走了春水,活着的人
肝火旺盛起来
他们需要通过走动
来消磨思念的脂肪
他们需要磕三个响头
来锻造孝道的颈椎
他们需要唠唠家常和墒情
来祈求土地的恩典
与故人亲近一次
冰河与树木都开始还魂
有雨无雨,花自飘零水自流
活着是一把泥土
死时是一粒尘埃

雾　凇

面对你,我只能想到
一个词:白头到老
当动车从雾中蹿出来的时候
一些承诺留在了枝头
雾留在了雾中

我喜欢你身上的脂粉气
像喜欢针尖上的蜜
我的心思比一丝白发
还细,也更加
柔弱无骨

歇马山的早晨

密林深处的一声鸟鸣
在叶子上荡起涟漪

这一颗尖锐的石子跌入谷底
又活生生地,被欲念拽了出来

被鸟鸣洗过的石头
一直掩饰不住飞的欲望

那只蜜蜂总想停留
又不敢轻信任何一次风吹草动

石头开花,流水结果
梦里的马打蒲公英的叶子上走过

白驹停了下来,静水颤抖起来
而往事,不留一丝缝隙

眼前的群山只有一道土坎
念旧的人,过不去

在草尖上歇脚,在泉水中奔跑
露珠哇,马背上的那个人不是我

在冬天说到月亮

在冬天说到月亮
总是有些不合时宜
在他乡说到月亮也多少
有些牵强抑或矫情

可我分明看见一枚
越来越圆的月亮
在冰冷的浑河之上
在火热的诗歌之上
在大伙房水库的冰雪之上
在一见如故的陈年老酒之上

这个月亮是从你的笛子里
升起来的吗,或者
从暗夜的火车车窗里

飘出来的是一段《月光曲》呢
我听到了高山流水的快意
我听到了一江春水的叹息

煤城的月亮总是不动声色
像你的内敛，你的分寸
你含而不露的豪放与性情
在觥筹交错之间泄露了隐痛

月亮从杯盏中浮了上来
诗歌是一颗定心丸
不设防的夜晚，活生生地
撕下了我们彼此的面具

我开始痛恨那些稍纵即逝的夜晚
它轻易地放弃了一轮
又一轮圆月，让团或者圆
变得如此短暂
让一场诗意无限的唱和
变得如此感伤

我握不住月亮的手

一场大雪正如期抵达大连

而从那里开往齐齐哈尔的列车

载不动别离的月光

雪花都落在你的笛子上了

而我的心跳正一路隆隆向北

雪落中山广场

我从广场这一头,走向
那一头的时候
你的脸,登时
变得煞白

扶梯上的灯光有些诡异
与我擦肩而过的时候
你,一下子
变得格外陌生

那些罹患感冒的钢铁和机器
无一例外地慢下来
方向盘一再向内
却始终无法接近你辟谷的内心

对于一枚硕大无朋的雪花而言
每一个入口
都有一条令人心碎的切线
无疾而终,又难以说得出口

而广场的每一个出口
都被命运的风沙蒙在鼓里,没有谁
比一场突如其来的雪,更加迷茫
貌似散淡的人,一夜白头

夜宿京华翌日晨遇第一场春雨

毗邻北京西站的北蜂窝中路
颐园宾馆狭小的客房
像极了密密麻麻的蜂窝中的
某一个,而我
则是无数南来北往的工蜂中的
某一只

我茫然地路过京华
像是专门为了淋这一场春雨
而突然造访这个与颐和园
没有丝毫关联的下等旅馆
淋着淋着
路边那些带着蜜的花就开了
似花非花的我就开了

有了花朵

工蜂才开始有所作为

有了烟云

京华才显得深不可测

所有的旅途都版本不一

而被一场春雨设计的中转

一滴蜜就可以为寂寞

画上一个句号

一个人的旅途

由于无关悲欢离合

而显得无足重轻

但是一场春雨的不期而至

虽无伤大雅

却使我盲目而笼统的人生

变得格外扑朔迷离

用一滴谷雨敲打春天

谷雨不期而至,代表春天正在过气
从积雪里蹦出来的春天,过于自以为是了
必须有一滴雨,为它的不切实际,断后

春天总以为自己生机无限,动辄就是整个森林
再肥胖的叶子,终究难逃干瘪的宿命
像虚妄的漂浮物,臃肿轻佻,一触即破

非此即彼是一种值得推崇的美德,不拒绝不等于
默许和允诺。谷雨让春天和夏天泾渭分明
把春天打回原形,把夏天请进生命

谷子最值得推敲,恰切的丰腴,必要的洁癖
当谷子代替了雨,云彩可有可无
腾出的天空弥足珍贵,云雨只是痴人说梦

一粒谷子与春梦恶语相向,一滴雨徒有阴谋
雨和雨的联手,使雨更加索然无味
在一滴雨里耕种,谷子才是行家里手

雨越下越大

你把自己
潜伏在一场雨里
我走向你的时候
雨越下越大
你越来越多

我的周围
满世界里都是你
你弄疼我了
我一遍遍喊着
好雨,好雨

一场爱
要怎样淋漓尽致
才刻骨铭心

每一滴雨
都是你

再大的雨也会停下来
而我心里的雨
一直不停
无数个小拳头
在擂鼓

月亮平衡术

综艺节目里演绎平衡术
的羽毛,那么白
它与月亮的白
略有区别
与元宵的白
倒颇有几分神似

稍微有些泛黄的月亮
与稻草的颜色则更为接近
这样就使得一些事物
有了广义的联系
羽毛,月亮,元宵
稻草,还有骆驼

今夜,稻草和月亮

哪一个更沉?
轻盈的稻草,狠狠地
压死了传说中的骆驼
大如碾盘的月亮
旁若无人地飘在天上

只有闹元宵的时候
月亮才会掉下来一次
掉进闹心人的碗里
成为甜蜜的汤圆和元宵
成为人们心里
最柔软的那一部分

当它还是羽毛的时候
它就必然挂在天幕
在我们都能看得见的地方
而那根拴着两只蚂蚱
看不见的绳子
拴着一种心思,两处闲愁

这样的月亮多像一个挑夫
让我们之间
总有一根扁担的距离
被它牢牢掌控的整个情场
今夜流行谄媚之风
思念由此变得无足重轻

在沈阳遇见雾凇

第二故乡
我终于把你等老了
你怎么还化了浓妆?

我最愿意看到的
是在我有些心灰意冷的时候
你一夜白头

而那个风度翩翩的绿色少年
从万柳塘某一棵柳树的背后
一下子,就闪了出来

清晨的浑河正在研墨
我一笔写下了阴差阳错
又一笔写下了失之交臂

我故作潇洒地抖一抖肩膀

那些嗔怪和哀怨的念头

就会让这个发福的冬天,瘦下去

在雪中想起一个人

在雪中想起一个人
与在雨中想起一个人
其实没什么两样

只是雨变成了雪
而那个人
早已面目全非

在雨中想起一个人
是我在夏天写下的一个题目
只是光有题目没有下文

当我再次写下这个题目的时候
那场雨早已消隐于无常
而雪比任何时候,都更像雪

好吧,在雨中想起的
就是一滴雨。而在雪中想起的
是另外一滴雨

当雨站立起来
就是一个永恒的背影
雪之为雪,活血化瘀

总有一滴甘露让我清清白白

忽冷忽热的日子

让人们翻起了白眼

白露前夜

再次抵达的汗水,足以

让凉席里颇具风骨的竹枝

复活

这正如中年的一些杂念

焐热了凉夜

秋水总带来隔江的唱词

后庭花不是花

只要她的花心

还藏着不为人知的露水

如果说汗水是白露的前世

泪水是她的今生
那么从卧室到客厅的距离
是我前半生必然的走向
无辜的早晨，总有一滴甘露
让我清清白白

白露有刃，笑不露齿
被嘲笑、被蒙蔽的血性
都是硕果仅存的
再霸道的夏天也挡不住一滴甘露
对于秋天的占有，而我只能
在一次邂逅中安顿下来

皓月三章

一

即使少一个人,你也照样心如止水
你说,只要照耀就是呼应

天上一丝云也没有,你也不感到孤独
没有人知道云朵为什么消失

我就是你的一个形容词,月呀
我用十年的旧情踮起脚——够你

二

对于团圆,欢笑是多余的

你看那秋风声音再大,也是凉飕飕的

要说就说说月饼吧,它身上洋溢的气息
与享乐主义无关,与浪漫主义有关

那些年我像一个小商贩一样,到处搜集
各种各样的月饼,只是它经不住秋风轻轻一吹

三

多么虚伪!宁可在空洞的往事中作茧自缚
也不愿像吃掉一块月饼一样吃掉悲观与绝望

月光是用来吮吸的。是谁
用一个形容词,将它涂抹得一片虚无

月亮越升越高,那一张半明半暗的脸
是深渊!在那面不合时宜的窗帘背后,喊我

拔萝卜

没有一根萝卜可以全身而退
当萝卜被拔出来的时候,或多或少
都有一些不明就里的泥
吸附在萝卜的肌体之上,泥们
常常把萝卜的根须,当作最后的稻草

泥是卑微的,它供养了萝卜
却对萝卜的小恩小惠永志不忘
当萝卜离开土地的时候
萝卜就成了一尊泥菩萨
这时的萝卜,不过是更多的泥

萝卜被更大的萝卜带了出来
先前的泥,就显得无足轻重,可有可无
这是不公平的,没被带出的泥

在田野里窃喜,作为土地的一部分
它更有资格与化为尘埃的泥,较劲

萝卜终究要腐烂,有的烂在人的肚子里
有的干脆烂在地里,与那些定力十足的泥
在春天里重逢,相克相生,互为表里
将一根萝卜拔出来,有时需要用尽全身的力气
而带出来的泥,怎么也拍打不掉

白云帖

秋风把母亲的棉花

都吹到了天上

散尽千金

母亲依然坚毅地

望着远方,田垄的尽头

表里河山

不过是粗布棉袄的巨制

每一个寒冷的日子

我都能扯到一角

撕下一条棉裤,两只棉鞋

白云苍狗

母亲从无一丝慌乱

澄澈的秋水像一根根芒刺

我看见母亲龟裂的手

搭在稻谷的额头

爆 竹

这一刻告别低眉顺目
那些内敛、隐忍、中庸的美德
就让它们道亦无道
让它们魂飞魄散,如雷贯耳
让我断喝一声
快意恩仇,在冬天的旷野里
大开大合,没有任何顾忌
小人们都做鸟兽散
晦气,沮丧,窝囊,敌意
都灰飞烟灭,至少也把它们
赶进冰雪的负面,杀绝
任其躲进阳光
照耀不到的地方
戚戚焉,或者安乐死
而我,我们

终将在一次自我分裂中
实现再生，或者重生
而那一声脆响
道不尽的心酸与卑微
也终将，自消自灭

创可贴

必须有伤口,一个不大不小的伤口
一个创可贴恰好覆盖的伤口

这样就有了借口,一个恰如其分的借口
一个堂而皇之的借口

买药,买几贴谓之创可贴的膏药
为你刮骨疗伤,解去心头之痛

我丝毫不想掩饰对你的钦慕
打认识之日起,我就把你视为己有

据说也有人宣示过对你的主权
但我不在乎,我有我的霸道

是我的就是我的,我是个男人
对于心爱的女人,我是天然的保护伞

即使有秋夜的冷雨,将伤口浸泡得
四周泛白,创可贴欲盖弥彰

好吧爱人,对于你的伤口
我永远都是一味守候千年的药

稻

你对我视而不见,风
打你我之间经过的时候
你开始念念有词

黄脸婆,你低头的时候
我的身体也渐渐
饱满起来

现在,我过着比较安逸的生活
很少为稻粱谋
谁在这个秋天拦住我的去路

让你耿耿于怀的
是不是那一季
我失手将你当作稗子连根拔起

我坚信往事是有颜色的
要不为何那些被认作过错的叶子
也跟着变红、泛黄

入乡却不能随俗
我是故里走丢的孩子
我不食黍,我只取糟糠

杜鹃坡

它们是一群先于我们抵达的人
它们的到来,使大黑山显得更黑了
像一匹衣衫褴褛的黑马

它们是一群不会说话的人
当我们,从开花的枝条中探出头来
我们更像一些昆虫,譬如蜜蜂和蝴蝶

它们比我们更喜欢背阴的山坡
当我们就坡下驴的时候
它们自在地望着远处的深谷和蓝色的帆影

谁是我背后的推手?而我只能推着风
我要用怎样的借口,才能回避你开花的宁静
我又怎么忍心,从喧哗的急流中独自离开

有时候,越是近在眼前越让人觉得虚幻
当我回到山底,那些高处的花才愈加清晰
梦一样的杜鹃坡,是大黑山的一枚纽扣

当杜鹃离开杜鹃坡,大黑山就变得可有可无
春光乍泄的我们,不过是被一些花朵染红
它们终将谢落,而我们终将一无所有

狗尾巴草

你有多卑微，我就有多卑微
你的荣枯，多么像我潦草的前半生
偶尔做过几件像样的事情
大多被视为狗尾续貂

秋天来临，我开始头重脚轻
我多么怀念夹着尾巴做人的年代
风不来纠缠我，就连阳光
也不跟我针尖对麦芒

眼下可好，我在风中拼命摇头
只为让自己变得越来越轻
变得可有可无，不再引火烧身
而把脆弱的骨头老实地埋进青山

过桥米线

这外温内火令人艳羡的爱情
是千年修来的,还是百年
修来的?我无从知晓这种小吃
内心奔腾着怎样的激情
那个藏而不露的十年
我对一种食物百吃不厌
传说并不离奇。秀才的女人
晕倒在桥上,氽进鸡汤的食材
对清淡的生活进行了适度的革新
日子便充满前卫的味道
顺从火焰的陶罐也有了应有的
温度。你爱吃的鱼丸,我爱吃的
豆腐皮,外加一小碗肉酱
醋不能缺,麻油也要滴上几滴
看它们与白嫩的米线葱绿的豆芽

一起在鸡汤里默默喘息
五味杂陈的生活由于这柔软的
好奇心,内敛而执着的精神
而格外显得富足,面带微笑而又
随机应变:什锦米线蔬菜米线等
吃不完的米线不一而足。就像
太原街上我独爱的这一家董郎米线
它与牛郎与织女有无干系
我不知道。我只知道他们一个
在天上,一个在地下,一年
只能见上一面。同船渡也好
共枕眠也好,只有米线注定是
吃不完的,就像那总也打不完的
毛线,那个冬天突如其来
十年,我等不到一件御寒的毛衣
温润的陶罐被秀才失手打碎
外温内火的米线,终究
拴不住一场旷日持久的消磨
桥还在,而我已走过

红 嘴 鸥

去昆明,你无法不与红嘴鸥相遇
这些抹了口红的昆明市民
让你觉得这一片高原
有不言而喻的美

这些美,来自滇池,来自翠湖
来自每一只从西伯利亚迁徙而来的鸟
它不只是来过冬
更是回家

翠湖里的红嘴鸥,显然
比滇池里的红嘴鸥更加悠闲
谁叫翠湖是滇池的一个港湾呢
是港湾,就有避风的意味

而海埂，显然有些格格不入
它把八百里滇池逼到一个山脚
让红嘴鸥在飞翔的时候
不得不相互躲避对方的翅膀

那些无法飞翔的红嘴鸥
此时正在翠湖里追逐一只野鸭
它们的仗势，贪婪，占有欲
像极了那些虚伪的人类

看来在昆明，除了风
我还要躲避这些低头不见抬头见的家伙
我用一袋饲料讨好它们的同时
也必须搞清自己，到底是何居心

花山隐居的鸟

看来,不管我躲在哪里
你都能找到我

你的吴侬软语
在窗口的树枝上
蹦来跳去

你叫一声
春风就来了
你再叫一声
太阳就出来了

四顾无人的时候
我看见我的影子

比一只鸟

更加轻盈

更加无所事事

花　生

双胞胎，那是自然的。即使
三胞胎四胞胎，也不是什么
新闻，只是品种不同而已

我的老家出产品质优良的花生
我和妹妹都是吃着花生长大的
妈妈说，你们兄妹都是娘身上
掉下的肉，就像各个品种的花生
都是大地的果子

抖落泥土，掰开果壳
脆生生的颗粒多么像十月的婴孩
粉嫩的皮肤透尽大地的血脉
那泥土的鲜腥侵入离人的味蕾
隐隐有泪的味道

妈妈,离开你的羽翼
面对一枚花生我已手足无措
在远方雨水丰润的城市,我已
变成一颗另外品种的果子,正在
慢慢干瘪

槐花,槐花

那白花花的蜜,是这个北方城市的
骨血。最是甘甜的那一部分
在高处,我们只有踮着脚
垫高了血性、义气、人格、胸怀,乃至
缘分、宿命
方才,够得着

一朵槐花与另一朵槐花
在针尖上相遇
一滴蜜与另一滴蜜
在麦芒上邂逅
洋槐上的荆棘和蜜蜂身体里的针
你的尖锐就是我的尖锐

此刻酒在低处,低处的事物

更能在一些特定的时刻拿捏我们
它把我们迅速地举到高处
又迅速地将我们打回原形
那些一边卖血一边请朋友喝酒的人
体内藏着暗香

我深信今年的槐花是为你开的
它们追着你，就像追着一只蜜蜂
你追着它们，就像追着一滴蜂蜜
把槐花和蜂蜜分开，就是从这个不曾谋划的
五月，找出必然的唇齿
而你我的相遇和分别，每一次都是偶然的

槐 花 解

乡下老家的穷亲戚
每年五月,你都来

要来就自己来呗
七大姑八大姨
每个人都提着篮子
装着一嘟噜一串串的
是是,非非

来得多了,来得频了
就容易让人
视而不见

司空见惯的时候
你就不是外人

你鬼魅一样的香
我不能据为己有

至于那些满腹怨言的人
你不要往前走
我无暇顾及你的感受

米兰·昆德拉说
"从现在起,我开始
谨慎地选择我的生活
我不再轻易让自己
迷失在各种诱惑里"

金州大樱桃的幸福时光

一个城市的口福,来自郊外
无数的樱桃小口
候鸟一般叼着甜美的唱词
冲撞着胶辽方言淳朴的
味蕾

这是一次浪漫的待客之道
海鲜已端不上台面
老曲酒的味道寡淡了些
一个新区的新思维
黄里透红,酸甜适中

在春夏之交
一粒大樱桃就是一艘渡船
让青黄不接变成一个守旧的名词

让彼岸的人慕名而来

而我坐收幸福、诗意和爱情

有口德的人必有口福

内心温润的人被春天一再传颂

大樱桃哇,你就是我的主心骨

我只能用一生的时间,炼丹

年年六月,在金州等你

就是几片叶子

春天多么单纯,单纯得
也就是几片叶子
而已

一片叶子带来一个春天
几片叶子带来一阵晕眩
比一片叶子还要单纯的人
心里有的是幻觉
有的是不安分的
绿

而随着一片又一片叶子的抵达
日子终究无法安分下去
百毒不侵的季节
我只当是

一个玩笑

你索性在叶子背后
像在伞下躲开一场雨那样
躲开繁复与虚伪
躲开我

不可能有一片叶子是我
我的春天早已来过
也许有一片叶子是你
因为春天不可能轻易地
把你忘却

绝望的玻璃

之前是装饰,之后是武器
我并没有掩盖过什么
透过我的身体,窗外的一切
一目了然

我曾经为自己是一道屏障
而沾沾自喜,为自己
曾经装饰了你的梦
而心存柔软

可是在一些无法抗拒的
特别的声音面前
我坚硬起来。射向无辜的那一刻
我无坚不摧,刀刀见血

当我破碎，我便真切地看见

每一个窗口都是黑洞

面对旷世的绝响，我选择

粉碎，或者沉默

一杯茶中的江湖

我含着茶杯边沿的时候
我感觉我就是巍巍的岳阳楼
唇边是远山，舌下是长江
一排皓齿，即是八百里洞庭

在君山，喝着君山银针的时候
我感觉百箭攒心
在横无际涯的夕阳之下
我通体金黄

我就这么站立在水深火热之中
我悬空，万笔书天
我沉浮，旗枪列阵
我耸立，群笋破土

我一点点把身段放低

让江湖越来越高

一个骗子或者一个大盗的身份

总是意味着劫后余生

可我毕竟只是一介百无一用的书生啊

登斯楼也,才有去国怀乡

而一杯茶足以让我陶醉

放松对历史的警惕

那短暂的恍惚哇,难道

真的就是百废俱兴?庆历四年

是不是梦中的黄金时代?

我可不可以感佩一根形象的雀舌

那芽尖如玉的银针

一定是范仲淹品咂过的

如今精华不再,风雅尽失

我开始附庸一杯残渣

哭泣的玉米

一株干枯的玉米
把我的心收紧
那打了绺的叶子更像鞭子
一遍遍抽打着无辜的风

面对着滚烫的土地
我多么想大哭一场
然而对于命运的安排
我一再打蔫

我矮小,我无法分蘖
我甚至无法孕育一穗乌米
我短暂而焦渴的一生
像极了村里某个留守的老汉

哪一朵乌云不是假模假式

哪一个滚雷会是眼泪的出口

一滴雨改变了玉米一生的走向

一粒玉米让整个夏天无法收场

墨盘花生

这个秋天
我一直依靠墨盘花生过活
它们医治好我苦夏的毛病
它们让我有些营养过剩
它们让我乐不思蜀

蜀当然非我的故乡
我故乡的名字叫墨盘
那是个盛产花生的地方
在墨盘,花生叫果子
那里的大白沙小坝果,品种优良

今年的果子
有时叫董晓红,有时叫董燕
有时叫李玉闯,有时叫张辉生

他们的称呼

可以是我每一个同学的名字

他们深知我的口味

没有墨盘花生的日子

我常常会变得六神无主

他们惯着我,像惯着一个馋嘴的孩子

有时甚至恨不得自己生出果子

苹果独语

我就是要红给你看,你不来
我就一直挨到冬天,不谢落

你与一群人,向东马屯走来的时候
我的慌乱,隐藏在另一些苹果
背后

秋雨是谨慎的,它把天空洗得
如此干净,不在河里留下
一朵云彩的影子。只在眉宇间
留一颗痣

这是我区别于其他苹果的
唯一标志。稻草人认得我
它不驱赶任何一只

执着的鸟

秋风说的都是闲话
你在果园里逡巡,闻到的都是
我的体香。你拍照
背景里的每一颗灿烂的果实
都是我

只是我在看你的时候
你把目光投向更远的秋天
空洞,却意味深长

其实这个秋天,早已
深入我的内心,我的每一寸
肌肤。你却视而不见

含泪的红,是我中年的伤
这一季
鸟儿已飞过

坡

说一道山坡
莫不如说一说淤积在你我
胸中多年的块垒
它无关风月
只关乎青梅竹马

说一道山坡
莫不如说一道道石头砌成的岭
它的腼腆，羞涩，蠢蠢欲动
像墨盘乡的沟沟坎坎
把我们隔绝成陌路

说一道山坡
莫不如说一滴雨山前
一滴雨山后

东边日出西边雨的时候
我是王山头的另一滴

说一道山坡
我们已经翻过人生不惑的大岭
你用一杯酒解除我的武装
谁在今夜面目全非
谁将第一个抵达故乡

蒲石河：石头和枫叶

在沟壑里铺上一层石头
在石头上铺上一层秋水
在秋水上铺上一层枫叶
在枫叶上铺上你的身影
在你的身影上铺上我的眼神
在我的眼神中铺上泪水

石头和枫叶
谁和谁
更加难舍难分
枫叶和石头
谁比谁
更能掩人耳目

从沟壑里拽出石头

从石头里拽出秋水

从秋水里拽出伊人

从伊人里拽出柔肠

从柔肠里拽出秋风秋雨

从秋风秋雨里拽出十里画廊

百转千回的蒲石河

我只用一枚执着的枫叶

亡羊补牢

饮尽最后一瓢秋水

这个秋天已将我彻底蛊惑

而我却面不改色

七步成诗

用一首诗去扑火,这首诗
就是曹丕抛出的二十只
幺蛾子

而身在八斗镇的曹植
底气十足,把二十个字
玩弄于股掌之间
每一步三个字:一唱三叹!

第一步:手足情
第二步:嫉妒恨
第三步:权力欲
第四步:宫廷戏
第五步:仇精英
第六步:文字狱

第七步：七寸

二十个字，四行，每行五个字
多么美好的文字呀
一下子就踩到了
君王的七寸

每一个字，都掷地有声
毕毕剥剥，毕毕剥剥
豆萁燃烧的声音
让建安有了一截化石般的
风骨

然而对于三曹而言
再多走一步
简直就是深渊

扫描月亮

让我们一起盯着它,看

这个惹祸之人

父母盯着它看

它就是身在他乡的游子

我盯着它看

它就是西八时区的女儿

你盯着它看

它就是故里那个木讷的诗人

它盯着我们看时

我们就是它身边纷纷扰扰的

红尘

而我

更愿意相信它是一个二维码

用我们含泪的微笑

扫一扫

顷刻

我们就回家了

山 枣

它的皮包骨头,再次
硌痛了我的不轨
我的舌尖极不情愿地
像缩头乌龟一样
缩了回来

咬也不是,吐也不是
那一层薄薄的皮肉
比我的嘴巴还要轻薄
那坚硬的圆圆的枣核
让我轻易地就软了下来

在一根刺暗藏的无限杀机里
我甘愿做一个正人君子

烧　水

一根木柴噙住了火苗
火苗从一根木柴爬上另一根木柴
两根木柴就开始用火苗
相互取暖

只有一根木柴进入另一根
木柴的时候，炉中的火
才会烧得更旺。焚毁乃至融化
才是生活的高潮

壶盖发出的惬意的声响
一定是烧热的水在呼喊
那些不曾被烧过的水
冷静中蕴含着无法预想的狂热

树,没有老师

几株被粗暴地移栽到海边的树
在盐碱地上苟延残喘地活着
在教师节这一天
被一个师范大学毕业的女士
发现,并立此存照

这棵树,一定没有受过什么教育
它无法选择自己的活法
十年树木
它一不小心就长成了
城市广场喜欢的样子

树,没有老师
没有人给它答疑,解惑
没有人管它是否水土不服

即使有时像模像样地给它打上点滴
简直把它当成了人一样看待

然而宿命是无法逃脱的
患上了糖尿病的百年树木
今天坏死一根手指
明天烂掉一只脚丫
没有哪个老师能指点迷津

树上的鸟窝

对于这些不结果的树木而言
鸟窝是唯一的果实

与那些没有鸟窝的树木相比
这多出来的重重的一笔
把一棵树的一生
描写得更加绘声绘色

而故乡终究是潦草的
一些探头探脑的鸟
它们无意间窥见了
村庄所有生老病死的秘密

它们居高临下的样子
多么像童年的我

向一只蚂蚁伸出了碾子一般

罪恶的食指

没有蚂蚁的村庄

一树鸟窝不比一户人家

更加寂寞

睡 莲

不动声色的美人儿
一万头雄狮在水底奔跑
跑着跑着
月亮就爬了上来

酸菜馅儿饺子

你让我等得好苦
等得我的心都变质了
险些,心有旁骛

我终究是你的囊中之物
你擀的面皮,轻易地
就糊住了我

你是个好妇人,你的巧手
可以同时擀出五张面皮
抚慰我馋了五百年的忧伤

当你拥我入怀
我们珠联璧合,成为彼此
一道无与伦比的美食

请允许我狼吞虎咽
这不可多得的饕餮盛宴
别有一番情境和滋味

你看这尤物
冰清玉洁的面皮儿
荡气回肠的酸菜馅儿

入口即化的细腻、温润
与醋无关的痛痒、酸楚
几杯酒下肚,我已溃败

疼痛的槐花
——写给女儿

像说开就开却来不及看一眼的槐花
说谢就谢了,亲爱的宝贝呀
你说来就来的那些年
我和你的妈妈还没学会
如何好好做一对父母呢!你的童年
就随着一阵风,或者一场雨
悄然作别春天和尚未年迈的我们
你的成长,让我们喜忧参半
我们一边后悔欠你一个
快乐无边的儿童节,一边盘算着
怎样让阳光更多地洒向二八年华
你的撒娇,你的任性
你无忌的童言
你的馋嘴,你的贪玩

你放纵的欢笑
都是你的洁白的胎记和暗香啊
流水带不走,落花有意无意
我们都比屡次更迭的江山更加落寞
代沟有多深,我们对你的爱
就有多深!我们不得不承认一个
残酷的现实:你再也不会回到童年
当然我们也不会。只是在又一个
儿童节,爸爸又一次拉着你的手
那双渐渐长大的小手,与爸爸的手
早已相差无几。你不看我的时候
女儿,我从你的眼里看见了
一个比草原更加辽阔的童年
而我的疼痛,比一朵正在谢落的槐花
更加渺小,也更加无助

天 籁

一片叶子对另一片叶子的摩挲
一串火苗对另一串火苗的舔舐
一颗星星对另一颗星星的凝视
一滴水珠对另一滴水珠的冲撞

降生
相逢
分别
消亡

一个人对另一个人的遗忘
戛然而止!

想起焖子

昨夜你说好了想见上一面,黎明
你却改变了主意,没有任何征兆
就像那一年在太原街第一次吃焖子
记忆的鸟啄光了法国梧桐的树叶
我的心从此开始荒芜

想起你就想起焖子
粉籽,蒜泥,芝麻酱。轻易地
在唇齿之间留下莫名的芳香,它们
多么像一群听话的帮手,跟着
心怀不轨的我,把你绑架到
一首诗里

我曾经在西安路夜市,陪同
一个著名的女诗人吃焖子

她一口气吃了两碗,她流露的
童心、可爱、怀念、回忆,深深地
打动了卖焖子的大嫂,而我
只能别过脸去

离西安路不远的太原街,是我
这些年一直生活工作的地方
但那里的焖子我从来不吃,总是
觉得那里面有异样的东西
想起这些,想起你,我突然老了
突然觉得那漫长的一天天,一年年
值得这样忍受下去

向 日 葵

只有到了夜晚
你才会低头,转身
泪流满面
——你的爱,执着、绝望
注定要等待一生

只有到了秋天
你才会低头,转身
慢慢舔舐被太阳灼伤的脸颊
令人窒息的美
此刻有一种决绝

在我的怀里大哭一场吧
让我慢慢把你打开
告诉我

你的壳早已被忧伤熏黑

而你的芯

是白的

歇马杏

一颗杏,能驻留多少匹马
一颗杏,就含着多少征人思乡的眼泪
薛礼们的马蹄,嗒嗒嗒嗒
从那些银色的石头上悄然掠过
踩碎的石头,黄里透着胭脂红

一匹马,被多少杏花挽留
一匹马,就会斩断多少百转的柔肠
每一段柔肠都长出一棵树
每一个蹄印里都开着一万朵花
一颗歇马杏,就是一匹马

这归来的甜蜜,对应
一场有限的爱情
心酸的人,只配品头论足

内心丰盈的人,只递过来一滴雨
英那河就开始涨潮

如果你依然不懂得我的苦心孤诣
那么我甘愿做一颗杏仁
你不打碎我,我就永无出头之日
我的苦,是你此生回味无尽的香
我歇一次脚,就留下一群白马

岫 岩 玉

沉静,不动声色。却美得
让人心痛,或者心碎

岫玉也好,河磨老玉也好
总是区别于普通的石头。尽管
她也是一块石头,她像石头一样
坚硬

不过,玉的表情是温润的
玉的内心有着天然的温度
玉的眼神清晰而又迷离
玉拒绝不合时宜的热情

玉惧怕过度的雕琢
多一点是玉,少一点为王

玉,石头中的
王

恰到好处地选择离开
优雅、矜持、倔强。故意
谨小慎微的瑕,给予事故
更为绵密的想象

你是我的王,岫岩玉呀!
这不一样的石头,比石头更加
易碎。相遇或者相见
也更加短暂

野 菜

唯其在野

我们才相信她是干净的

唯其在野

我们才觉得她是令人放心的

唯其在野

我们才可以坦然面对春风的肆虐

唯其在野

我们才可以相依为命

唯其在野

我们不再相信饥饿

野生杜鹃

歇马山的春天，用
第一滴血
喊叫，抑或呻吟

城郭里的人，不知道
驿外的花事，断桥的相逢
他需要听到一些招呼
才能把体内体外
犯困的水，唤醒

当我们意识到自己
总是错过了一些什么的时候
银石滩已经血流成河
那些被点燃的石头
举着高过野草的火把，迎风

高歌年年不变的颂词

杜鹃年年在开,能否
开成往事的样子
开成我们需要的样子
开成它从来没有开过的样子
面对一株无拘无束的野生杜鹃
我们常常束手无策

与一朵花交谈,必须
用花的语言
那些陈词滥调,不足以
打动一个浴火重生的肉身
浅薄,是一代人的修辞

一树杜鹃,让歇马山亢奋起来
几声鸟鸣,让银石滩心生柔软
被点燃的,不是春风
和春雨,是漫山遍野
无所不在的慈悲

野鸭之歌

它多么害羞
一有风吹草动
它就扑棱棱地滑向
湿地的深处

但它从不超越肇岳山
它有它的尺度和分寸
它知道飞得越低
越能看清肇东亘古的来路

有时候它隐藏在芦苇和菖蒲之间
隐藏在松嫩平原最平常的
植物中间,隐藏在
草木的渊薮中间

就像在绿梦湖众多的水鸟中间
我只认得这清白的一只
我只需轻轻吐出心中的块垒
就预言了偾张的血脉

樱 花 词

当你,与一枚单瓣樱花站在一起
二〇三高地的双瓣樱花
瞬间就开了
一瓣叫妖娆,一瓣叫妩媚

当你袅娜娉婷,款款地
从一树又一树绚烂的身旁走过
你就是旅顺口春天里
一个无可替代的关键词

樱啊,四月里谐音的女子
你的风情万种,无以复加的美丽
让今世的遇见,倍感三生有幸
让此刻的拥有,如梦似幻

我要以怎样的角度
欣赏和打量一枚爱不释手的花朵
那些暗香浮动的日子
让生命里的落寞都做鸟兽散

如果一瓣樱花足以让我睹物思人
那么我将坚守太阳沟遍地落英
不许一丝海风来此叨扰
而我，宁可在你的花期里老去

一些词语在阳光下从容地翻飞
樱花的面容，在细雨中神秘地闪现
在你身后，总有黯然神伤的跫音
一遍遍，拨动相思的琴弦

樱花一直在动

我无法拍到春风
只好把镜头对准樱花
樱花一直在动
樱花是春风的另一个部分

它受命在一片高地上开放
收容他年生命的残血
向一些更为年轻的生命
展现时间生动的侧面

樱花是一味良药
它安抚失眠,却不拒绝回忆
面对一瓣一瓣凋落的灵魂
你的内心不能没有波澜

樱花一直在动
生命起伏，命运跌宕
没有谁能够一直无动于衷
春风动作不大，输给了思考

我的心在二〇三高地奔跑
单瓣喧嚣，复瓣孤寂
看花人轻佻，来了又走
樱花一直留在原地

樱桃辞

只有咬碎你,这酸甜的血

才更像鸡血

让人兴奋,让人痛楚

甜的是爱情

酸的更是爱情

从这个苍茫的夏天,把你采摘出来

就是从一段别离里

抽出一段愁绪

樱桃绿了又红,容颜

不曾更改。味道已是大相径庭

那一年的樱桃,颜面红润

龙王塘的和风细雨,如痴如醉

我把你含在嘴里,十年

从不曾咬碎。而你说

那是我的核

有轨电车

这个步履蹒跚的老人
穿一身旧式绿军装,固执地
走在自己的道路上

偶尔有花里胡哨的人,或者车辆
挡住了它的去路,它不动声色
只是用带电的拐杖指指天空

我们的城市,有太多
不知天高地厚的人。夜色里
它是唯一提灯的人

它在喊:天干物燥,小心火烛
它在喊:三更灯火五更鸡
我听见故乡的雪,悄然落在梆声上

在原始森林里仇恨斧子

比树木更容易腐烂的
是锯,是斧
比斧子更坚硬的
是愚昧,是贪婪
我对木质家具近乎偏执的热爱
是一种无法示人的
病

在白沙沟,我更像一个伐木工人
我的眼神比一把斧子还要锋利
当我被一根当年不曾运出的原木
重重绊倒
我开始对斧子充满仇恨
尽管与砍伐者相比,你更无辜
砍伐者终将把自己伐倒

树哇,你告诉我
你的年轮里,哪一圈
曾为我的前世驻留?
那些与你唇齿相依的斧子
只是轻易地说出了你的隐秘
没被泄露的,白马人
早已口口相传

在天目山依靠一棵大树

来天目山之前，我对那些千年古树的了解
只是一知半解。我是一个俗人
这毋庸置疑，整个夏天我都在寻找一棵大树
我多么希望那些汗流浃背的日子
在它影子的庇护之下，统统离我而去

当我，第一次走在天目山的千年古道上
一下子，我发现我有那么多靠山
它们有着共同的特点：腰粗，腰杆很直
一定有太多人依靠过它，乘凉，或者歇脚
譬如某些高僧，或者三代国师

我也不由自主地靠了上去，像靠近一个老人
或者说就是父亲和母亲，就是那些
有着宽广胸膛的人。我靠上去的时候

是一个重阳节的上午,天清气朗
我想到了远在东北的父母

我是用后背靠上去的,我的笑容很灿烂
这时,江南一瞬间就凉了半截
而我的心却拾级而上,因为一双年迈的脚
正搀扶着另外一双年迈的脚,像一块石头
垫着另一块石头。一垫就是千年

当然,老夫老妻的身边也有一棵树
纤细,谈不上直,也不弯曲,但它走动
步幅与那两双脚恰好合拍,它被一只手把握
它点击地面的时候,山风叹息一声
神灵的石头,把风烛残年的背影留给了我

在看到年轮之前,我不得不怀疑
这些大树存活的真实想法
与一生一世的搀扶相比,这些千年古树
显然不及一根拐棍,而我的动机
也不比一截贪婪的树皮,更加纯粹

八斗岭十四行

才子佳人在此分野,俗世的佳话
在一颗西瓜里,不留一粒种子
望尽天涯,哪一条山间小路
走着落拓的书生?

步步惊心,每一颗茶树菇
都嗜书如命,它们的好品相
让每一个以此为生的人,身上
都藏着书卷气

我写诗的时候,恰是惊蛰时节
该醒悟的都醒悟了,曹丕也悔不当初
桃花还没有开,它们在等一个人
他来过一次,两次,还有第三次

事不过三，三次光顾就意味着圆满

功德无量，两眼井好事成双

笔架山庄十四行

这诡谲的一笔,伸向
中秋的世外
我们每个人,都比
一滴墨
还黑

我们说着一些不着边际的话
喝着一些不明就里的酒
这个山沟里的黑客
用附庸的风雅,粗暴地
入侵了一次粗鲁的风花雪月

写不下的,其实什么也写下了
那虚无主义的背影
让一个辗转反侧的夜晚
成了一副空架子

戴河边听蝉

在戴河边听蝉,实属无奈之举
戴河岸边那个所谓的农业生态观光园
除了几根细长柔软的丝瓜
实在乏善可陈
那些坚硬的游乐设施
把这个上午欺骗得锈迹斑斑

我在戴河岸边坐了下来
蝉鸣也在戴河岸边
像毛毛虫一样砸在我的身上
像蚂蚁一样爬进我的耳朵眼儿
它们揽客兜售的口音
让我,浑身发痒

北戴河在左,南戴河在右

河上横跨着好几座饱含善意的桥梁

我无意渡过这条麻木的河流

我拍了拍因久坐而麻木的屁股

感觉这有一搭没一搭的蝉鸣

跟秋后的蚂蚱没什么两样

到朝阳看梨花

车过凌河,喀左县南哨镇的紫砂
开始渗出盐分,密匝匝的白
在辽西的一条条沟壑里
揭竿而起。用一朵花
将另一朵花打败

这些意外收获,给素面朝天的朝阳
施以粉黛
让那些为了一把泥土或者一把壶
而来的外乡人,多少
有些投鼠忌器

这样想时,我就觉得有必要迅速走开
我信奉盛极而衰

当我站在梨花对面,我就是

梨花的敌人。我的坏

是把欲望当作了生活的常态

独自走在莲花湖的林荫道上

如果此刻身边还有一个人
那她一定是多余的
如果此刻身边还有一个人
我视她为莲花

在一片莲花的海里
做一个人是缺乏意义的
你只能走在规范的木栈道上
或者干脆像我一样,独自
走在杨柳岸边的林荫道上

独自,并不意味着孤独
在林荫道上,我可以是杨柳风
可以是淡蓝色的小花
可以是一只红蜻蜓,可以是

与莲花无关的一切

我承认自己在莲花面前
是害羞的,就像委身在芦苇
或者菖蒲中间的那些莲花
一时间忘记了自己
究竟是在湖中,还是在湖边的
林荫道上

一朵莲花区别于另一朵莲花的方式
在于她自始至终按照自己的规律
开了谢,谢了再开
如果此刻身边还有一个人
我宁愿是莲花,看着你
独自走在湖边的林荫道上

你向不向湖里张望都不要紧
只要你不是刻意的
只要你是自在的
只要你是来看莲花的

只要你还热衷于做一只水鸟

一会儿飞翔,一会儿游泳

一会儿消失得无影无踪

肥东,必定桃花

在合肥以东伸手摘出一朵花,必定是桃花
比鲑鱼肥,比流水肥,比无子西瓜的瓤,还肥

与油菜争艳,不必小心翼翼
有着历史渊源的桃花,早已获得了足够的水分
豆萁在为大地加温,时间显得更加从容
人面在与不在,春风都能越过墙头

只有站在八斗岭上,才能看尽前世的桃花
一首诗足以给一个小镇作为注脚
一朵花就是一个蹑手蹑脚的新娘
走一步,就给爹娘留下两口思念的深井

没有一滴眼泪更像桃花,没有一滴井水
洇湿过无字的竹简。按下辘轳的回车键

春潮涨起来了,肥东肥得粉里透红
历史的胭脂总也拍打不掉,酷似一曲黄梅戏

才气十足的人揽尽粉黛三千,偏安一隅
一年一度,我把一些东风,洒满三国长长的山坡

奉国寺

我在佛前求的是：平安，健康，快乐，幸福
我得到的却是：猜忌，谩骂，诋毁，中伤
或许，我求的东西都是我
无缘得到的
而你给我的
恰恰是我前世欠你的那一粒
米

我以一粒米的姿势、速度
走向奉国寺
在一顿素斋中将自己
吃得一粒不剩
我是不是忘了你的滴水之恩
而在奉国寺普降甘霖的时候
我已将福祉挥霍

那些负面的语词

是穿膛的酒肉,无德的口实

我失手打碎的一寸江山

掩饰不住的恩怨是非

在佛前,空无一物

而你正追着那一粒黑色的尘埃

我追着另一粒白色的尘埃

我求的,我归还奉国寺

你给我的,我一一收受

这浩荡的穷其一生的红包

容我慢慢打开,慢慢将友谊遗忘

直到你不是你,我不是我

而奉国寺依然是奉国寺

那一粒米,一滴水

已然成为

从前七佛

过王山头桥

过了王山头桥
我就是秋生了
乡亲们
请喊我的乳名

故乡的桥是爷爷的皮鞭子
每经过一次
它就抽打一遍我
变异的口音,虚伪的洋装

不复存在的河水
被那一夜贪杯的我
都倒进脑海了
放浪形骸或者胡言乱语

我到哪一只麻雀的翅膀上
去寻找淘气的影子
我们爬过的涵洞
流着哪一年的逝水

河里的细沙,至今
还风干在一条鱼的鳞片上
像胎记,更像疮疤
怎么也拍打不掉

我无法迁怒于王山头桥的重建
它美妙的前世,丑陋的今生
都足以比一根绳索,更容易
缠着我,一步一回头

浑江口

浮云和流水近在咫尺
船和岸近在咫尺
我和油菜花近在咫尺
祖国和另一个国度
近在咫尺

与对岸那些光秃秃的荒山相比
我们活得根深叶茂
这个早晨,我真切地
感受到作为祖国的花朵
那无与伦比的幸福

槐花和油菜花
各自有各自的开法
被我们寄予厚望的油菜花

开得缓慢而自恋

多少有些浑水摸鱼的意思

而更多的槐花

则散落在暗香浮动的民间

它们与我们相安无事

一次次失之交臂

又一次次蓦然相逢

在浑江口

流水都走不动了,浓稠的时间

拖住了神祇的一条腿

那化不开的忧伤

像浑然天成的乡愁脱口而出

锦江山

鸟儿都飞走了
把叩门的声音,显得
更加空洞,悠远

一枚硕大的红叶
阻断我望向窗外的视线
我不知道
江水是不是像大海一样
涨潮

有些美留在途中
江山之美不在峰值
山间的日月
比你及腰的长发
还长

当秋叶和阳光
一齐垂到你我身上
我的江山
便愈加锦绣

战争都偃旗息鼓了
锦江山却怎么也
无法平静下来

老龙头记

龙有多老,长城就有多老
长城多长,龙就有多长

让一条长龙盘亘在崇山峻岭
闭关锁钥
实在是冷兵器时代的奇思妙想

我走向老龙头的时候
长城正在渤海湾里探头豪饮
渤海湾,是龙的一只水瓢

有了水瓢,长城就不再干渴
那些戍边的羌笛就不再怨怼杨柳
龙的柔肠,至少有一万里

我离开老龙头的时候
山海关下起了太阳雨
这是龙颜大怒呢还是龙颜大悦

老龙头甩一甩胡须
那些梦想千岁万岁的人,纷纷
跌下垛口,灰飞烟灭

而那些墙头草一样的传人
在长城内外生生不息
他们到底有多老?哦,一万年

来时是朝,去时是夕
争来争去无非山一程,水一程

长城断断续续,而长龙宛在
它那神秘的孤独在如蚁的游客中间
显得那么寂静,那么格格不入

普陀山桃花

两树桃花先于我
抵达舟山群岛
抵达普陀山
一树在左,一树在右

去往南海的路上
一丛出世的桃花
在左边一座破旧的房屋边上
寂寞开无主

另一树入世的桃花
在紫竹林右边那些树木中间始盛开
提前打开人间
四月的芳菲

我北方的风衣,此刻
如此切近一缕春风
一朵桃花的只言片语
对应一次不辞而别的舟车劳顿

回来的时候,我又一次经过桃花
我说不恨,不怨,不贪,不念
我只是你今生的过客,抑或
来世的黑客

三岔河湿地

浑河,辽河,太子河
三条河汇成一条河
三个人
拧成了一股绳

眼神和春风,哪一个
更像绳索?哪一个
能将我捆起来
捆在一棵不曾返青的
芦苇之上

所谓的湿地词不达意
这潦草的下午
载不动流水的海城

大辽河总是与我
背道而驰。大辽河
比另外三条河流
更像河流

顺着一条绳子的纹理
我发现我的人生
如此曲折
这是另外两条河流
带给我的小小伤口

我们绑在一起
就是另外一条大河
我们彼此松开
就是各奔东西的落花

天南海北的人哪
我们终将在春风里告别
在三岔河口一瞥惊鸿
故意,头也不回

山海关记

一脚关里,一脚关外
十八岁,山海关是我的成人礼

宿命的箭镞,射中了
一个犹豫不决的外省少年
从此,我的目光
被一座箭楼
垫高

自命不凡的风,被燕山调戏
以一株荒草的模样
在城墙的砖缝里
岁岁荣枯

不知深浅的雨,被渤海绊倒

硌得它头破血流,终悟得
山海关
绝不仅仅是一个关隘

现在,我只能说
不惑之年的我仍然不明就里
在山与海的交割中
我需要向一块青砖,一片瓦当
表达敬畏之心

然后低着头
像爬墙虎一样向低处攀越
像一滴水一样向高处转身
不是关外,就是关里
非此即彼

吴家小院十四行

小有多小？比我们自私的心眼
还小吗
吴家是谁家？它难道比一个远房亲戚
还可有可无吗

一铺炕，比我们的腰板厚实
两张桌子，比我们的感情更亲密无间
老式收音机腐朽的面容
有一种地老天荒的味道

多么随心所欲
树上的大枣落了一地
即使不曾腐烂，也没有人捡拾

多么云淡风轻

你愿喝就喝，不喝拉倒

你愿走就走，恕我不送

小寒日乘车北上记

周遭都被一场大雪霸屏
北方的道路呈干裂状
多少有些不合时宜

视线之外的事物向内
北方有阳气
我是一只南辕北辙的雁

鹊筑巢,雉发声
被简单修改的旅程无关大局
霜晨月,步步惊心

想慢下来的时候
意念怎么也停不下来
对错之间,出头之日活灵活现

被蛊惑的正在隐去原型

忍一忍,就是一年

先于欢喜抵达的,是对头冤家

徐州：一个人的战役

穿军装的我，在挥之不去的梦里
解甲归田的我，写诗歌的我
一会儿在碾庄，一会儿在蔡洼

一会儿在双堆集，一会儿在小李家
我和我，在打一场持续了25年的
战役

我无法放过我
我是我的敌人，我是我的俘虏
我是我，我不是我

每一次战术上的失误，都让人追悔莫及
那致命的一击，让彭城
不经意间成为一个人的麦城

大地上的伤口,正在被疯长的庄稼抚平
河流改变了鲜血的颜色
眼泪改变了时间的走向,命里的舛

老房子山墙上密集的弹孔
像不曾愈合的伤疤,根深蒂固
不挠就痒,一挠就流血不止

梦里的我,是一个复活的华野战士
像一把锋利的战刀,削铁如泥
像一支固执的冲锋号,夜夜向淮海集结

更多的时候,我隐姓埋名
在临涣的茶馆里做一个艺人,喝棒棒茶
唱大鼓书,吹唢呐,听坠子戏

除了那场战役,我一无所成
一个我铩羽而归,一个我留守疆场
1992年的诀别,我一直活在1948年的硝烟里

一杯茶的天池

在天池山
随便舀上一杯水
就充斥着碧螺春的味道
庄重的绿
跟这个清明之前
每一个信口开河的闯入者
一样随便

信手拈来的还有一些
散淡的时间
这上好的苔藓
吸附在通透的杯壁上
花岗岩心生柔软
用悲苦在口舌之间
逼出茶香

生出津

拾级而上的时候
我们脚底生风
顺势而下的时候
风生万物
茶叶在天池里得以
无限地舒展
一杯水的江湖
高于我张开的口
低于我托杯的手

银 杏 村

这些高龄的公孙树
是江东人举起的火把
是腾冲喷涌着的一只只慧眼

散落在街巷和亭院里的
通常是一些失足的火苗
它们把大惊小怪的外乡人都点燃了

他们用镜头对那些活化石品头论足
一棵老树发现了人们
生活方式的浅薄和自以为是

更多的银杏叶选择了沉默
入茶，入药，入我心
却不入世

你的眼睛越来越蓝,天空越来越绝望
一枚踏实的银杏叶,总是对远山
俯首帖耳的浮云,视而不见

隐喻的太行

平地上走得久了,视线也会蒙尘
让一座大山,给我一个横断面
堵住我,让我仰望

雨季来临的时候,我们总是多愁善感
让干旱拧干我们身上的虚浮,拧干血脂
流一滴眼泪,给水渠

水到渠成的时候,我们肩并肩走来
像一块石头挤着另一块石头,你挤着我
确切地说,是搀扶

一些词语顺流而下的时候,红旗
正沿着悬崖峭壁,溯源而上
它能把一座山点燃,也能把你我点燃

在太行山,我听不到半点儿风声
林县的人们都说悄悄话,怕惊动山上的神祇
走动的甘霖,活脱脱都是命根子

患病的人哪,你的心脑血管里
必然缺少一杆旗帜的支架,缺一颗
太行石头的定心丸,缺一腔热血

用一座山捶打灵魂,用一条水渠
滋养皮囊,把骨头钉进肉体
生命里的大赦,业障总是分身有术